Eric Manz

Der Tod zielt gut

Kriminalroman

Eric Manz wurde 1943 in Mödling geboren. Nach seinem Studium an der TU Wien übernahm er bis zu seiner Pensionierung den väterlichen Gewerbebetrieb. Als leidenschaftlicher Leser schloss er sich vor einigen Jahren einer Schreibgruppe an.
Bisherige Veröffentlichungen:
Div. Kurzgeschichten in der Zeitschrift »Yacht-Info«
»Die Sandale Christi«, Roman, ISBN 3-902518-58-8
»Der Tod trägt weiß«, Kriminalroman, 978-3-902784-40-7
»Der Tod spielt mit«, Kriminalroman, 978-3-902784-57-5

Eric Manz

Der Tod zielt gut

Kriminalroman

federfrei
www.federfrei.at

1. Auflage
Marchtrenk, 2016
www.federfrei.at

Umschlagabbildung:

Lektorat: S. Bähr
Satz und Layout: Verlag Federfrei
Printed in EU

ISBN 978-3-903092-18-1

Grausamkeit ist das Heilmittel des verletzten Stolzes.
(Friedrich Nietzsche 1844 – 1900)

Das Schicksal des Menschen ist der Mensch.
(Berthold Brecht 1898 – 1956)

Prolog

Zitternd stand sie vor dem Badezimmerspiegel und betrachtete mit einem Auge ihren nackten Körper. Das zweite war geschwollen, die gesamte Augenhöhle zeigte eine dunkelrote, fast blaue Färbung. Aus der geplatzten Braue zog sich eine blutige Spur bis zu ihrem Mundwinkel.

Sie zuckte zusammen, als die Eingangstüre krachend ins Schloss fiel.

Diesmal war er unvorsichtig gewesen, hatte sich nicht unter Kontrolle gehabt. Das geschah selten, er wusste genau, wo er zuschlagen konnte, ohne sichtbare verräterische Spuren zu hinterlassen, wie die blauen bis gelben Stellen an ihrem Körper zeigten. Doch in der letzten Zeit kamen diese Anfälle von blinder Wut, die ihn alles vergessen ließen, öfter vor.

Die Hiebe spürte sie kaum mehr, sie hatte sich daran gewöhnt, wie man sich mit so vielem abfindet im Leben.

Doch jetzt schlich sich Angst in ihr ein. So konnte es nicht weitergehen. Sie hatte versucht, die Ursache zu ergründen, weshalb es zu diesen Anfällen kam, die blitzartig, ohne Vorwarnung auftraten. Bei sich konnte sie keine Schuld erkennen. Ihrer Meinung nach verhielt sie sich wie immer, devot, dienend, beinahe wie eine Sklavin. Der Auslöser musste woanders liegen, doch das blieb ihr ein Rätsel. Fest stand allerdings, dass sie sich jetzt gegen diese Brutalität wehren musste.

Vorsichtig tupfte sie ihre Braue ab. Mit ihrer Zungenspitze

leckte sie das Blut aus ihrem Mundwinkel. Es schmeckte eigenartig, herb, nach Eisen.

Ein Lachen drang ihre Kehle hoch, panisches Gekicher, und langsam formte sich in ihrem Kopf ein Plan.

Diesen muss ich eisern durchziehen, dachte sie, und ihr Mund verzog sich wieder zu einem Lächeln. Eisern – Eisen – Blut – ja, ich habe genug gelitten, jetzt sollte er spüren, was Schmerz bedeutet.

Sie durfte aber auf keinen Fall überstürzt handeln, bedächtig musste sie jeden einzelnen Schritt abwiegen, jede Kleinigkeit prüfen. Alle Details sollten wie Zahnräder ineinandergreifen, nichts durfte dem Zufall überlassen werden, denn sie hatte nicht vor, sich wegen eines winzigen Fehlers ins Unglück zu stürzen.

Das sollte nicht geschehen, und das würde auch nicht passieren, das schwor sie sich.

Mit einem Summen auf den Lippen stellte sie sich unter die Dusche und ließ das heiße Wasser auf ihren gequälten Körper prasseln.

Kapitel 1

In Gruppeninspektor Günter Felber brodelte es. So wütend war er schon lange nicht mehr gewesen. Wütend und gleichzeitig gekränkt. Dieser Oberst Pelzer …! War das die kleinliche Rache, weil er nicht in dessen Team kommen wollte?

Dass er selbst daran Schuld hatte, klammerte er geflissentlich aus. Seine Eigenmächtigkeiten, die man ihm damals zum Vorwurf machte, hatten schließlich dazu geführt, drei Morde aufzuklären. Außerdem war das schon so lange her. Mindestens zwei Jahre, in denen er nicht untätig gewesen war. Da kamen noch vier, nein, fünf Mordfälle und deren Aufklärung dazu.

Trotzdem verweigerte man ihm eine Beförderung. Das klang, als wollte man ihn bewusst erniedrigen, aus welchen Gründen auch immer.

Das Schlimme daran, und das war es vor allem, was ihn so wütend machte, seine Kollegen wurden nicht wie Aussätzige behandelt.

Sein Freund Alfred Weiner würde morgen zum Gruppeninspektor ernannt werden, seine Lebensgefährtin Konstanze Hochstatter zur Revierinspektorin. Beiden aus Dank und Anerkennung für ihren unermüdlichen Einsatz bei der Aufklärung der letzten Mordserie.

Und er?

Chefinspektor Paukerl hatte nur mit den Schultern gezuckt und ihn mit treuherzigem Dackelblick angesehen.

»Was soll ich machen, Günter«, sagte er, »dagegen bin ich

machtlos. Das kommt von oben. Aber du weißt hoffentlich, für mich wirst du der Chef bleiben, bist schließlich der Dienstälteste. Und jetzt bitte keine Ausflüchte – frisch an die Arbeit. Wobei ich damit nicht ausdrücken will, dass wieder ein

Mord geschehen sollte. Wir haben auch so genügend zu tun.« Er wedelte mit der Hand, um Günter Felber zu entlassen. Der Gruppeninspektor hatte schon die Türschnalle in der Hand, als Paukerl ihn zurückrief.

»Einen guten Rat noch, Günter. Vielleicht solltest du dir doch ein Versetzungsansuchen zum LKA überlegen, ich glaube, dann würden sicher einige Steine aus dem Weg geräumt werden. Obwohl – ich verlöre dich nicht gerne, glaub mir.«

Also doch! Dieser Oberst Pelzer schreckte vor nichts zurück. Er hatte es ja geahnt, und Paukerl lieferte jetzt die Bestätigung. Die im LKA konnten ihn mal. Jetzt erst recht.

Paukerls Bürotür war vollkommen schuldlos, trotzdem musste sie Felbers Grant ausbaden. Sie wurde so heftig in den Rahmen gestoßen, dass die Ziegelmauer fast zu wackeln begann. Drinnen fiel etwas unter metallischem Geklirr zu Boden. Wenn schon! Der Ausbruch hatte Felber gutgetan, er fühlte sich erleichtert.

Aus Mödling würde er nicht weggehen, zu viel verband ihn mit dieser Kleinstadt. Nicht nur, dass er ein erdiger Mensch war, der sich nur ungern von der Scholle löste, sein Freund und Kollege Alfred Weiner arbeitete hier, den wollte er nicht missen.

Wichtiger noch war jedoch seine Kollegin Konstanze Hochstatter, seine Lebensgefährtin, die er gedachte irgendwann zu heiraten, nicht jetzt, nicht gleich, dazu war er noch nicht bereit. Die Erlebnisse rund um seine Ex-Frau Monika und ihren Tod hatte er immer noch nicht verarbeitet.

Zwei Jahre war das jetzt her. Mein Gott, dachte er, die Zeit vergeht so rasend schnell, manchmal glaube ich, es ist erst gestern geschehen.

Was aber nichts an seiner Liebe zu Konstanze änderte.

Mit Grauen dachte er an ihren Gesichtsausdruck, wenn er sich vorstellte, ihr eröffnen zu müssen, dass er seine Karriere an einem anderen Ort fortsetzen wolle, nur damit er endlich auch befördert wurde. Nein, das kam nicht infrage. Und wenn er immer noch Gruppeninspektor war, während sie bereits den Generalsrang anpeilte.

Die Wut war verraucht, er musste schmunzeln. Wurde er dann nach typisch österreichischer Tradition ebenfalls als »Herr General« angeredet, so, wie die Frau eines Professors »Frau Professor« und die Direktorengattin »Frau Direktor« tituliert wurden?

Zum Glück war es noch nicht so weit. Er hatte alle Chancen, dass diese Nicht-Berücksichtigung irgendwann aufgehoben wurde. Vielleicht konnte er dann ein oder zwei Ränge überspringen? Ob das mit dem Beamtendienstrecht in Einklang zu bringen war, wusste er nicht, es war ihm auch gleichgültig.

Eines war jedenfalls klar. Keine andere Dienststelle.

*

Es war nur eine kleine Feier, die Chefinspektor Paukerl abhielt. Der Dienst hatte schließlich Vorrang. Einige Kollegen waren da, die zu Ehrenden natürlich und genauso selbstverständlich Gruppeninspektor Günter Felber. Paukerl hatte darauf bestanden. War das wieder einer der kleinen Pfeile, um zu zeigen, wer hier der Chef war, sinnierte Felber?

Für ihn war klar, dass, wenn seine Liebste befördert wurde, er dabei sein musste. Ihn freute es natürlich, dass sie wieder einen Schritt hinauf auf der Karriereleiter tun konnte. Nur das Drumherum störte ihn mächtig.

Alfred Weiner stand mit stolzgeschwellter Brust vor den Kameraden. Felber schien, dass er ein ganzes Stück gewachsen war.

Konstanze wiederum strahlte, als ob ihr das »Goldene Verdienstkreuz« oder gar der »Hosenbandorden« verliehen würde. Als nun Paukerl die Achselspangen mit den neuen Diensträngen übergab, stahl sich in Felbers Augenwinkel sogar eine Träne. Stolz regte sich in ihm. Aber, und das konnte er nicht verhindern, der Stachel der Kränkung wühlte in ihm, und er wünschte, dass schnellstens etwas geschehe, um diese Feier abzubrechen – egal, ob Banküberfall, Raub oder Mord.

*

Niemand tat ihm diesen Gefallen. Er musste weiter hier stehen und zusehen. Die festen, kameradschaftlichen Händedrücke der Kollegen bei Weiner, die Küsschen auf die Wangen bei Konstanze. Das alles nervte. Dann stolzierte Alfred zu ihm. Es kam Felber so vor, als ob er von oben auf ihn herabblickte, obwohl er doch um einiges kleiner war.

»Gratuliere, Alfred!«, presste er hervor.

»Danke! Jetzt können wir endlich auf Augenhöhe miteinander reden.«

»Du spinnst, Alfred, der Chef bin immer noch ich.«

Zum Glück tänzelte Konstanze herbei und verhinderte, dass Weiner einen veritablen Streit vom Zaun brach.

»Na, seid ihr stolz auf mich?«

Weiners Gesichtsfarbe nahm wieder einen normalen Ton an. »Ich schon. Aber dein Mann dürfte nicht ganz dieser Meinung sein«, sagte er grinsend.

Felber wollte protestieren, doch Konstanze hauchte ihm einen Kuss auf den Mund.

»Mein Bär! Freu dich doch mit uns. Du wirst sehen, diese Beförderungssperre wird mir nix, dir nix aufgehoben, das spür ich. Und – mein Chef bleibst du auf jeden Fall.«

Felber holte tief Luft. Sah man ihm seinen Grimm wirklich so an? Das war nicht förderlich, weder für seine Beziehung zu Konstanze noch für seine Freundschaft mit Alfred. Sie hatten ja recht und konnten nichts dafür. Schuld daran war allein dieser von sich so eingenommene …

Er räusperte sich und versuchte ein Lächeln.

»Entschuldigt, bitte. Natürlich freue ich mich für euch. Habt es ja beide verdient. Es ist nur so, der verdammte Pe…«

»Psst!« Konstanze verschloss ihm mit dem Zeigefinger den Mund. »Alles wird gut, mein Bär.«

Felber lachte hart auf. »Alles wird gut, alles wird gut. Dieser Satz dient doch auch nur dazu, um die Massen zu beruhigen. Aber so viel Masse hab ich nicht mehr.« Er strich dabei über seinen Bauch, der sich tatsächlich um einiges verringert hatte.

»Beinahe schon ein Knochengerüst«, lachte Weiner, der nie lange böse auf jemanden sein konnte, »aber das werden wir ändern. Nach Dienstschluss kommt ihr zu mir, und wir werfen ein paar Koteletts und Kartoffeln auf den Grill. Ein bisschen müssen wir schließlich feiern, auch du, Günter. Wenigstens wurdest du nicht degradiert.«

Zorn? Wut? Handgreiflichkeiten? Nein! Hier musste Humor her.

»Wär ja noch schöner, wenn ich zu dir Chef sagen müsste«, brummte er, fasste Konstanze am Ellbogen und ging.

»Heh! Der Grill! Ihr kommt doch?«, rief Weiner ihnen nach.

Felber drehte seinen Kopf zu ihm. »Klar! Heute fress ich dich arm. Kauf die doppelte Menge ein.«

Kapitel 2

Felber saß mit einem flauen Gefühl im Magen im Büro. Nicht, dass er sich etwas zuschulden hätte kommen lassen oder ein Fehler bei irgendeiner Ermittlung geschehen wäre, nein, in seinem Bauch rumorte es, er hatte einen sauren Geschmack im Mund, und alle paar Minuten musste er fürchterlich aufstoßen.

Dieses verdammte Schweinefleisch. Viel zu fett und intensivst gewürzt. Warum hatte er nur Unmengen davon verschlungen? Aus kleinlicher Rache, weil er nicht befördert worden war?

Die Zutaten hatte er ignoriert, Kartoffeln, Saucen, die liebevoll hergerichteten Salate. Das hatte er nun davon, weil er aus Trotz die Predigten von Konstanze, die immer wieder von ausgewogener Ernährung sprach, justament links liegen gelassen hatte.

Hoffentlich war heute ein ruhiger Tag, an dem er seine Akten bearbeiten konnte und keinem Autodieb oder Einbrecher seine gestrige Verfehlung ins Gesicht rülpsen musste.

Der Gott der Beamten hatte Einsehen mit ihm. Es blieb ruhig, er konnte sich mit sich selbst beschäftigen, mit seiner Unvernunft hadern, und zwischendurch bearbeitete er sogar einige Akten.

Aber, und das schwor er, nur unterbrochen vom Aufstoßen und grummelnden Geräuschen aus seinem Magen, nach Dienstschluss würde er einen langen, kräftigen Spaziergang unternehmen, um wieder mit sich, respektive seinem Bauch, ins Reine zu kommen. Konstanze hatte Nachtdienst, und so konnte er, ohne lange Ausreden suchen zu müssen, seine Genesung in Angriff nehmen.

Er begann mit langen, weit ausholenden, federnden Schritten, doch schnell reduzierte er diese, er fühlte sich schlapp, müde, nicht auf der Höhe seiner Kraft. Was so ein ausschweifender Abend ausmachte. Konstanze hatte recht, wenn sie ihm diesbezüglich Vorwürfe machte, aber er wollte ja nicht hören.

Er ließ belebte Straßen aus und schlich durch Gassen, die sich nur durch eines auszeichneten – alte, neue oder renovierte Häuser und keine Menschenseele zu sehen. Jetzt bekam er auch noch Atemprobleme. Sollte er umkehren? Vielleicht in die FUZO gehen und sich dort bei einem Kaffee ausrasten?

Das wäre aber das Eingeständnis einer Schwäche, und das konnte er nicht zulassen.

Ein Teil seiner selbst war darüber sehr unglücklich, doch dann erblickte er in einiger Entfernung einen Föhrenbuschen, der an einer Stange lustig im Wind flatterte. Ein Heuriger – das war die Rettung.

Nachdem er zuvor an einigen alten Gebäuden aus der Gründerzeit mit schmalen Vorgärten vorbeigekommen war, lagen die letzten beiden Häuser dicht an der Straße, dahinter mündete eine Seitengasse ein. Das erste einstöckige Haus schien früher ein Geschäftslokal beherbergt zu haben. Es war alt, verwittert und heruntergekommen. Durch die blinde, schmutzige, große Glasscheibe war nichts von dem Raum dahinter zu erkennen.

Da muss man sich ja schämen, sinnierte Felber, ein Haus so verfallen zu lassen. Aber andererseits – in der heutigen Zeit hier wieder ein Geschäft zu eröffnen, wo doch alles in die riesigen Einkaufstempel rund um Mödling fuhr, konnte auch nicht gut gehen. Felber wunderte sich manchmal, wie manche Geschäfte in der Stadt überhaupt überleben konnten.

Der Lauf der Dinge, dachte er und hoffte, dass das Pendel auch wieder in die andere Richtung ausschlug.

Zum Philosophieren war er nicht hergekommen, sagte er sich und gab sich einen Ruck. Obwohl er liebend gerne Bier trank, war auch ein G'spritzter oder zwei nicht zu verachten. Das Wasser lief ihm im Mund zusammen, als er dabei an eine Presswurst mit viel Zwiebel in Essig und Öl oder eine Blunzen mit einem Haufen frisch geriebenen Kren dachte. Die gestrige Völlerei war vergessen.

Durch die breite Einfahrt gelangte man zu einem Innenhof, und Felber blieb überrascht stehen. Jemand hatte sich wirklich viel Mühe gegeben, daraus ein Schmuckstück zu machen, das die Konkurrenz mit noblen Hotels nicht scheuen musste. Die saubere Pflasterung war von einigen kleinen Grünflächen unterbrochen, zwei alte Bäume konnten Schatten spenden, und an den Wänden rankte sich wilder Wein empor. Gemütliche Holzbänke und Tische boten Platz für große und kleine Gruppen.

Der Andrang war nicht so hervorragend, stellte Felber fest, es gab genügend freie Plätze. Aber das konnte ja noch kommen, er hatte schließlich keine Ahnung von den Ausgehgewohnheiten der Mödlinger Bürger. Letztendlich war es ihm auch egal. Trotzdem es ihm hier gefiel und er beeindruckt war, würde er nie ein Heurigengeher werden. Dazu fehlte ihm erstens die Zeit, und dann war da ja noch Konstanze, die, wenn schon Wein, diesen lieber im heimischen Wohnzimmer trank. Um gleich danach glücklich ins heimische Bett fallen zu können, amüsierte er sich.

Felber wählte einen Tisch abseits des allgemeinen Trubels und harrte ein wenig ungeduldig der Dinge, die nun kommen würden.

»Was darf ich Ihnen bringen?« Felber hatte sich so auf die schwerwiegende Entscheidung konzentriert – Blunzen oder doch etwas anderes, dass er gar nicht bemerkt hatte, wie jemand an seinen Tisch gekommen war. Er blickte hoch. Vor ihm stand ein großer massiger Mann. Graue Haare über einem breiten Gesicht. Die blauen Augen blickten ihn freundlich und neugierig an. Eine saubere weiße Schürze umspannte seinen Bauch.

Der Mann kommt mir bekannt vor, dachte Felber, kam aber nicht darauf, bei welcher polizeilichen Amtshandlung das gewesen sei. Dadurch verwirrt, bestellte er ein Vierterl Veltliner, vergaß auf das Mineralwasser und orderte eine Presswurst, obwohl er doch lieber eine Blunzen gehabt hätte.

Woher er diesen Mann kannte, rätselte er und musste innerlich schmunzeln. Immer im Dienst sein, obwohl er doch momentan keinen hatte.

»So, das Vierterl, die Presswurst kommt gleich. Wolln S' nicht doch noch ein Flascherl Mineral?«

»Ja bitte!«, nickte Felber, doch der Mann blieb neben ihm stehen. Felber blickte ihn an und runzelte die Stirn.

»Entschuldigen Sie!«, beeilte der Mann sich zu sagen. »Aber Sie kommen mir so bekannt vor. Darf ich nach Ihrem Namen fragen?«

Das war Felber nicht recht, aber was sollte er machen? »Felber!«, brummte er und bereute mit einem Mal, sich hierher verirrt zu haben.

»Günter? Na so was! Ich bin's, der Bertl Sieber. Wir sind doch gemeinsam in die Hauptschule gegangen, sogar in derselben Bank gesessen, zumindest eine Zeit lang.«

Der Hubert Sieber! Das war ja eine Überraschung. Sie waren einmal dicke Freunde gewesen, ehe man sich durch verschiedene Umstände aus den Augen verloren hatte.

»Erzähl, wie geht's dir? Komm, setz dich her, das heißt, wenn dein Chef nichts dagegen hat«, rief Felber mit einer einladenden Geste.

»Der Chef bin immer noch ich«, lachte der Mann und ließ sich gegenüber von Felber nieder, »und so viel ist heute auch nicht zu tun.«

Was gab es da nicht alles zu erzählen? Das halbe Leben musste ausgebreitet werden, wobei die meiste Zeit der Bertl redete. Was der alles erlebt hatte. Felber selbst fand nur ein paar dürre Worte. Das Beamtenleben ist nun einmal nicht sehr ereignisreich, und gab es da nicht so etwas wie Verschwiegenheitspflicht? Außerdem wollte er sich nicht so hervortun, das konnte als Aufschneiderei ausgelegt werden.

Anscheinend macht auch Zuhören durstig, und so wankte Felber mit viel zu vielen Spritzern intus nach langen Stunden heimwärts. Nicht ohne das Versprechen abgeben zu müssen, bald wiederzukommen.

Er war dankbar, dass Konstanze heute Nacht Dienst hatte, denn in seinem Zustand wollte er ihr nicht unter die Augen treten.

Kapitel 3

Leichte Kopfschmerzen und ein flaues Gefühl in der Magengrube begleiteten Felber am nächsten Morgen auf dem Weg zur Polizeiinspektion. Und doch konnte er nicht beim Supermarkt vorbeigehen. Er brauchte etwas, um sich für die kommenden Stunden zu stärken, und was half da besser als eine Leberkässemmel, wenn sie nur genügend heiß war und das Fett sich in das resche Gebäck einsog.

Dann hätte ich für die nächsten Monate genug gesündigt, dachte er sarkastisch. Doch das brauchte man hin und wieder, sonst machte das Leben ja keinen Spaß.

Schuldbewusst ging er endlich weiter, aber er fühlte sich um einiges besser.

Er hoffte, heute wieder einen ruhigen Tag zu haben, damit die Aktenberge, die sich auf seinem Schreibtisch türmten, endlich weniger wurden.

Erleichtert stellte er fest, dass Weiner, sein Freund und Bürokollege, sich außer Haus befand. Ein quirliger Mann, der keinen Moment ruhig sitzen konnte, der immer etwas in die Hand nahm, um es im nächsten Augenblick irgendwo anders zu deponieren, was der eigenen Konzentration mächtig zu schaffen machte, war nicht der richtige Genosse für ruhige Schreibtischarbeit.

Er war voller Optimismus, die Aktenberge vor ihm zu kleinen Hügeln schwinden zu sehen, und machte sich beschwingt an die Arbeit.

Es klopfte. Unwirsch blickte er auf und presste ein gequältes »Ja?« hervor.

Schmitt, ein junger Kollege, steckte den Kopf herein.

»Da will jemand dich sprechen.«

Verdammt! Konnte man nie in Ruhe seine Arbeit erledigen?

»Kannst du ihn nicht abwimmeln?«

»Na ja, ich …«, stotterte Schmitt, doch hinter ihm wurde eine Hand sichtbar und riss die Türe weit auf. Der Hand folgte ein massiger Körper.

»Hier wird nicht gewimmelt, Günter, ich höre ja, dass du da bist.«

Felber seufzte. Ade, ruhige Schreibtischarbeit. Kaum ist die Bekanntschaft mit Hubert Sieber aufgefrischt, schon will er was von mir.

»Wenn du glaubst, dass ich etwas wegen deines Strafmandats machen kann, muss ich dich enttäuschen, Bertl«, schoss er einen Pfeil ins Ungewisse ab.

»Aber, aber, wo denkst du hin, Günter?«

Jetzt log der Kerl auch noch aufs Unverschämteste.

»Nein, etwas ganz anderes. Aber deine Hilfe könnte ich gut brauchen«, fuhr Bertl Sieber fort.

»Na ja, setz dich einmal hin«, seufzte Felber und wies auf den Sessel vor seinem Tisch. »Was hast du auf dem Herzen?«

»Also, weißt du, es war ja gestern wirklich ein Glücksfall, dass du aufgetaucht bist, Günter. Und vor allem, dass du bei der Polizei bist. Obwohl du, wenn ich mich recht erinnere, in der Kindheit immer ein großer Bankräuber werden wolltest.«

»Ja, so ändern sich die Prioritäten«, fuhr Felber dazwischen.

»Tut ja auch nichts zur Sache. Jetzt fängst du sie eben.«

Felber nickte und überlegte dabei, ob er irgendwann mit einem Bankraub zu tun gehabt hatte. Er konnte sich an keinen erinnern.

»Aber davon wollte ich eigentlich nicht reden«, fuhr Bertl schnell fort. »Mein Problem hat nichts mit Raub oder Mord zu tun. Es ist so … wie du weißt, steht neben meinem Haus noch so eine alte Hütte. Also, auf der einen Seite … auf der anderen ist ja die Gasse … und hinten ein Garten …« Bertl stotterte und wusste anscheinend nicht, wie er seinem Schulfreund Felber die Situation erklären sollte.

Felber wusste es auch nicht und trommelte mit seinen Fingern nervös auf die Tischplatte.

»… also, es ist so, vor ein, zwei Monaten bildete sich ein kleiner Fleck auf der Mauer … die zum Nachbarn hin … und mittlerweile ist dort ein riesengroßer feuchter Fleck, und Wassertropfen rinnen die Mauer herunter, jedenfalls ist es eine verdammte Schweinerei.« Felber lehnte sich in seinem Sessel zurück und sah seinen Schulfreund an. »Es gibt zwar den Slogan – die Polizei, dein Freund und Helfer, aber in diesem Fall ist entweder ein Installateur oder das Wasserwerk zuständig.«

»Wenn es nur so einfach wäre. Jedenfalls beginnen hier die Probleme. Niemand weiß, wem dieses Haus gehört. Die geschäftlichen Angelegenheiten, also Rechnungen bezahlen und Sonstiges, erledigt ein Rechtsanwalt. Angeblich ist es der

Wunsch der Erben und soll auch im Testament stehen, dass nichts getan und verändert werden darf, zumindest die nächsten hundert Jahre nicht.« Bertl lachte einmal kurz auf. »Oder bis dem Anwalt das Geld ausgeht. Irgendetwas stimmt doch hier nicht. Wer lässt schon ein Haus für hundert Jahre leer stehen, wenn er es zu Geld machen kann. Das ist doch idiotisch! Ich sag dir, Günter, dieses Haus birgt ein Geheimnis, das nicht ans Tageslicht kommen soll.«

Das hat etwas für sich, dachte Felber, war aber einfach zu lösen.

»Warum kontaktierst du nicht den Rechtsanwalt, er ist doch der Einzige, der dir weiterhelfen kann.«

»Ha!«, rief Bertl. »So gescheit war ich auch. Und da beginnt Problem Nummer zwei. Dieser Mann ist verschwunden, nicht aufzufinden.«

»Und in seinem Büro weiß niemand was?«

»Na ja, wenn man ein Kammerl in einem uralten Haus auf der Hauptstraße als Büro bezeichnen will, in dem nicht einmal eine Person richtig Platz hat, dann hat er eines. Mit einem Wort, er arbeitet dort alleine. Keine Sekretärin, ich glaube, nicht einmal eine Putzfrau. Jedenfalls steht man vor einer verschlossenen Türe. Und das schon seit Wochen, wenn nicht gar Monaten. Glaub mir's, ich hab es öfter probiert.«

»Und ans Telefon geht er auch nicht? Heutzutage hat doch jeder ein Handy, um jederzeit erreichbar zu sein. Sogar ich hab eines.« Felber lachte, es klang verschämt. »Notgedrungen, sozusagen. Ich kenn mich zwar noch immer nicht ganz aus mit dem Mist, aber anrufen kann ich.«

»Keine Chance, das Ding ist tot. Ich sag dir's, da stimmt etwas nicht. Entweder ist der Mann mit dem restlichen Geld schon auf einer Südseeinsel, oder er ist tot und irgendwo verscharrt, sodass man ihn nicht findet.«

»Na, na, wir wollen doch nicht vom Schlimmsten ausgehen. Halt deine Fantasie im Zaum. Du liest gerne Krimis, hab ich recht?«

»Natürlich, wie jeder vernünftige Mensch, der am Laufenden bleiben will. Außerdem gibt es Zeitungen, da steht immer was von Mord und Totschlag drinnen.« Bertl richtete sich aus seiner zusammengesunkenen Haltung auf und schnippte mit den Fingern. »Also, was ist, willst du mir helfen?«

Felber starrte ihn an. »Was soll ich denn deiner Meinung nach tun? Eine Vermisstenanzeige aufnehmen, den Rechtsanwalt mit der Hilfe von Interpol suchen oder gar mit dir in das Haus einbrechen?« Er seufzte. »So leid es mir tut, Bertl, mir sind die Hände gebunden. Und Ungesetzliches mach ich schon gar nicht. Ich will ja meine Karriere nicht als Landstreicher unter der Brücke beenden.«

Hubert Siebers Mundwinkel hatten sich bei Felbers Monolog immer tiefer nach unten gezogen. Jetzt sprang er auf, stützte sich mit seinen Fäusten auf Felbers Schreibtisch und beugte sich vor.

»Wie in der Schule. Nur nirgends anecken, nie die Initiative ergreifen. Du hast dich nicht verändert, Günter. Obwohl es mir schwerfällt, bitte ich dich trotzdem um einen kleinen Gefallen, einen letzten. Dank deiner Position hast du sicher einen guten Draht zum Mödlinger Wasserwerk. Erzähl ihnen das mit der nassen Mauer. Eigentlich müsste doch denen ein enormer Wasserverbrauch im Nebenhaus aufgefallen sein. Dann kommen die sicher und schauen sich das an.«

Felber schüttelte den Kopf und sah ihn verwundert an.

»Eine gute Idee. Aber warum rufst du nicht selbst dort an?«

»Problem Nummer drei«, sagte Bertl. »Ich glaube, das würde nichts nutzen. Wir liegen seit Jahren in einem heftigen Streit. Der Chef dort tut mir sicher keinen Gefallen.«

Kapitel 4

Um des lieben Friedens willen hatte Felber im Wasserwerk angerufen, die Sachlage erklärt und dabei vielleicht ein wenig übertrieben.

Er legte sein ganzes Gewicht als Polizeibeamter hinein, machte auf mögliche Schäden durch Unterspülung der Straße aufmerksam und blieb so lange hartnäckig, bis der Mann am Telefon versprach, so rasch als möglich die Sache ansehen zu lassen.

Erleichtert lehnte Felber sich zurück. Damit war das ausgestanden. Bertl war schließlich ein Schulkollege, und er hatte damit vielleicht eine Schuld abgetragen, die in früherer Zeit entstanden war. Er konnte sich zwar nicht erinnern, Bertl jemals einen Schaden zugefügt zu haben, weder seelisch noch körperlich, es war eher Gegenteiliges der Fall, manchmal hatte er ganz schön einstecken müssen, aber man konnte nie wissen. Allzu vieles schlummerte in seinen Gehirnwindungen und wollte nicht hervorkommen. Er hatte ja zum Beispiel auch Bertl nicht mehr erkannt.

Endlich konnte er sich wieder seinen Akten widmen, und wenn ein heimlicher Lauscher sich im Zimmer befunden hätte, wäre ihm bestimmt das fröhliche Summen diverser Schlager aufgefallen.

*

Die Türe flog krachend gegen die Wand. Felber brauchte gar nicht aufzublicken, um zu wissen, wer hereinkam. Natürlich Weiner, seines Zeichens Gruppeninspektor, dem wieder einmal die Türschnalle aus der Hand gerutscht war.

Wie oft hatte er darauf hingewiesen, mit der Einrichtung pfleglich umzugehen, wie oft hatte er auf seinen Rang gepocht und darauf hingewiesen, dass Untergebene sich an die Befehle der Vorgesetzten zu halten hätten. Gefruchtet hatte es nie, was vielleicht auch daran lag, dass die beiden langjährige Freunde waren.

Nicht einmal einen freundschaftlichen Rüffel konnte Felber ihm nun geben, waren sie beide doch nun auch rangmäßig gleichgestellt.

Das heißt … natürlich konnte er. Zum einen war er noch immer der Dienstältere, und dann … selbst wenn sie Freunde waren, konnte man eine kleine Ermahnung aussprechen. Obwohl Felber sich bewusst war, dass es nichts nützen würde.

»Alfred!«, schrie er deswegen. »Was hat dir die Tür denn getan? Der Türstock wackelt eh schon. Vom Putz will ich gar nicht reden.«

»Entschuldige, Günter. Manchmal bräuchte man drei Hände. Ich hab dir etwas mitgebracht.« Er hielt in jeder Hand einen Becher, aus dem Dampf aufstieg und wohltuendes Aroma verbreitete. »Ich weiß doch, dass du ohne Kaffee nicht leben kannst. Nimm ihn mir schnell ab, er ist wieder einmal verdammt heiß.«

Ein Kaffee! Jetzt wusste Felber, was ihn seit einiger Zeit unruhig gemacht hatte. Es waren nicht die Gedanken an seinen Freund Bertl gewesen, ihm hatte einfach dieses Aufputschgetränk gefehlt. Alfred war schon ein wahrer Freund, man konnte ihm nicht böse sein, auch wenn er die halbe Einrichtung ruinierte.

»An welchem Fall arbeitest du gerade?«, erkundigte er sich deshalb, auch um zu zeigen, dass er wegen dessen Beförderung nicht gram war.

Alfred ließ sich an seinem Schreibtisch nieder und blies auf seine Handflächen. »Sag, kann man nicht an diesem Automaten die Temperatur regeln? Der Kaffee muss doch nicht kochen.«

Felber zuckte mit den Schultern. Gerade ihn so etwas zu fragen, wo er doch von Technik keine Ahnung hatte, ja, beinahe davor Abscheu empfand.

»Stell ihn hin, er wird von alleine kalt. Ein Naturgesetz«, meinte er spöttisch.

»Du redest wie mein Physikprofessor. Na ja, wenn der Techniker das nächste Mal kommt, frag ich ihm ein paar Löcher in den Bauch.«

»Wenn es etwas nützt?«

»Ich werde ihm einige Tage Arrest androhen. Aber um auf deine Frage zurückzukommen, ich habe gerade mit einem Trickdiebstahl zu tun. Bei einem Juwelier auf der Hauptstraße ließen zwei Männer sich Halsketten vorlegen. Gekauft haben sie natürlich nichts, aber drei Stunden später kommt der Juwelier drauf, dass ihm vier Ketten fehlen.« Weiner hieb nach Felber-Manier auf den Tisch. »Eigentlich ist es ja lächerlich. Erwischt werden die zwei kaum, der Wert der Ketten beträgt vielleicht hundert Euro, aber der Papierkram verschafft mir für mindestens zwei Tage Arbeit. Für nichts und wieder nichts. Warum geschieht nicht endlich wieder ein Mord, damit wir etwas Sinnvolles machen können?«

So als ob es nur darauf gewartet hätte, schrillte das Telefon auf Felbers Schreibtisch.

»Ja, sofort«, nickte er, stützte sich auf den Tisch und erhob sich schwerfällig. Auf Weiners fragend hochgezogene Augenbrauen hin sagte er nur »Paukerl!« und machte sich auf den Weg zum Nebenzimmer. Gab es vielleicht doch eine Beförderung für ihn? Dieser Gedanke beschäftigte ihn die wenigen Schritte zu Paukerls Türe.

»Herein!«, rief sein Chef, als er anklopfte und die Türe aufriss. Verdächtige Dokumente oder Rangabzeichen sah er nicht auf Paukerls Tisch liegen.

»Gut, dass du nicht außer Haus bist, Günter. Ich hab da was für dich.« Paukerl kratzte sich am Kinn, was ein schabendes Geräusch verursachte, das darauf hindeutete, wie relativ spät es an diesem Nachmittag schon war.

»Du hast doch beim Wasserwerk angerufen und hast denen wegen eines Wasserschadens in den Ohren gelegen, nicht?«

»Chef, ich kann dir das erklären …«, rief Felber zu seiner Verteidigung, aber Paukerl winkte ab.

»Du hattest wieder einmal den richtigen Riecher. Die Monteure sind mit einem Schlosser zu dieser Adresse gefahren, und stell dir vor, das Haus hat wirklich total unter Wasser gestanden, und im ersten der überfluteten Räume …«, Paukerl machte eine Kunstpause, »… schwamm eine Leiche.«

Oha, dachte Felber, hat der Bertl doch recht gehabt.

»Du fährst mit Weiner jetzt sofort hin. Spurensicherung und der Doktor Kudlich sind bereits verständigt. Hoffen wir, dass es ein Unfall war, die Person eines natürlichen Todes gestorben ist und es sich nicht um einen Mord handelt. Beeilt euch, ich will das so schnell als möglich aus der Welt geschafft wissen.«

Kapitel 5

Weiner hatte ein glückliches Lächeln aufgesetzt, es war ihm ganz recht, von seinem Fall abgezogen zu werden.

Wenn Felber daran dachte, wie lange er vor einigen Tagen gebraucht hatte, zu Fuß bis zu diesem geheimnisvollen Haus und dem Heurigen zu kommen, konnte er nur ein Loblied auf die Technik singen. Noch viel flotter ging es, weil das Blaulicht eingeschaltet war.

Sie befanden sich als Erste vor Ort, abgesehen von den Monteuren und dem Schlosser, die entspannt an der Mauer lehnten. Die Leute vom Wasserwerk waren mit hohen Stiefeln und Wathosen ausgestattet.

»Deren Schweißfüße möchte ich nicht haben«, stellte Weiner grinsend fest.

»Habt ihr etwas angerührt oder verändert?«, fragte Felber, gleich nachdem er sie begrüßt hatte.

Der eine Monteur, ein langer, dünner Mann, schüttelte den Kopf. »Nichts! Wir haben doch alle Tatort-Erfahrung aus dem Fernsehen.«

»Ihr Kollege auch nicht?«

»Poldi? Der ist gar nicht hinein. Dem ist gleich schlecht geworden, als die Türe offen war. Das war schon heftig. Bin wirklich froh, dass es noch kein Geruchsfernsehen gibt. Na, und der Schlosser war auch nicht drinnen.«

»Das darf ich auch nicht«, meldete dieser sich, ein fülliger Mann mit listigen Augen und einer Zahnlücke. »Meine Aufgabe ist es, Türen zu öffnen, Schlösser so zu behandeln, dass sie sich vom versperrten in den offenen Zustand versetzen. Alles andere geht mich nichts an. Was ich schon erlebt hab, wenn irgendeine Tussi ihren Schlüssel verloren hat. Ich könnt Ihnen Geschichten erzählen, Geschichten …«

Felber wollte sie gar nicht hören. Er winkte ab und meinte, dass der Meister gehen könne. Hier werde er nicht mehr gebraucht, und vielleicht warte ja schon eine Tussi auf ihn.

Genervt blickte er die Straße entlang. Von Spurensicherung oder Doktor Kudlich war nichts zu sehen.

Er seufzte und rief nach Weiner. Der stand plaudernd bei einem der Monteure. »Wenn die sich so lange Zeit lassen, dann schauen wir uns die Sache einmal an, Alfred.«

»Geh schon einmal vor«, rief dieser, »ich komme gleich.« Dabei bemerkte Felber ein spitzbübisches Grinsen auf Alfreds Gesicht. Waren sie gerade beim Erzählen schlüpfriger Witze? Alfred glaubte wohl, sich als Gruppeninspektor Disziplinlosigkeiten leisten zu können. Irgendwann musste er da dreinfahren, aber jetzt war nicht die richtige Zeit und auch nicht der richtige Ort.

Er seufzte noch einmal und trat dann über die Schwelle. Dunkelheit empfing ihn. Nicht einmal durch die geöffnete Eingangstüre fiel Licht. Er glaubte, leichtes Plätschern zu hören, machte einen weiteren Schritt, eine Stufe – und stand bis über den Knöchel in eisigem Wasser.

»Verdammt!«, schrie Felber und schüttelte den Fuß, um das Wasser wieder loszuwerden. »Ihr hättet das mit einem Wort erwähnen können, ihr Idioten.«

»Wir dachten, das sei klar«, grinste der dürre Monteur. »Sonst hätten wir doch nicht gemeldet, dass hier eine Leiche schwimmt. Dazu braucht es eben einen höheren Wasserstand.«

Das entbehrte nicht einer gewissen Logik. Trotzdem – aus welchen Gründen auch immer – man hatte ihn, wie man so schön sagt, »einfahren« lassen. Und Alfred hatte natürlich Bescheid gewusst. Deswegen sein Grinsen.

Jetzt musste auch Felber lachen. Er war so ahnungslos in die Falle getappt und hatte sich vorführen lassen.

»Na wartet«, rief er, »wenn ich einmal auf Streife bin und euch begegne, setzt es ein saftiges Strafmandat. Da kann ich sehr kreativ sein.« Er kratzte sich am Kopf und fuhr in ernstem Ton fort: »Was machen wir jetzt? Die Spusi und der Doktor sind sicher nicht mit Tauchausrüstung ausgestattet. Warum pumpt ihr das Wasser nicht ab?«

»Dafür sind wir nicht ausgerüstet. Wir führen Wasser zu, nicht ab. Für das Pumpen ist die Feuerwehr zuständig.«

»Habt ihr die wenigstens schon verständigt?«

»Das ist nicht unser Bier. Das muss ein leitender Beamter tun, so, wie Sie anscheinend einer sind.« Der Dünne schüttelte den Kopf. »Wir haben das Wasser auf der Straße abgesperrt und müssen das Gejammer der Nachbarn über uns ergehen lassen, das gehört zu unserem Job. Alles andere ist Ihre Sache.«

Wäre es nicht schön, jetzt im Büro zu sitzen und Akten abzuarbeiten? Stattdessen blieb wieder einmal alles an ihm hängen. Plötzlich leuchtete vor seinem Auge ein Wort auf, das ihn einen wohligen Seufzer ausstoßen ließ – »delegieren«! Schließlich gab er hier die Kommandos, er war der Chef.

»Alfred!«, rief er. »Ruf die Feuerwehr an. Wir brauchen eine leistungsfähige Pumpe, aber mit einem Filter, damit nicht mögliche Indizien weggesaugt werden. Und sie sollen sich gefälligst beeilen. Ich geh mich inzwischen trockenlegen.«

Bei jedem Schritt, den er tat, quatschte es. Hoffentlich wurde der Schuh bald wieder trocken. Es war der zweitbeste, den er hatte, und eigentlich sein Liebling, leicht, bequem und bot doch festen Halt.

Noch einmal drehte er sich um. »Alfred, ruf auch am Posten an, wo die Spurensicherung und der Doktor bleiben – bitte!«

Kaum saß er im Auto und wischte mit einem Fetzen, den er im Seitenfach gefunden hatte, seine Zehen trocken, hörte er in der Ferne ein Folgetonhorn. Er drehte sich um und sah ein Blaulicht aufblitzen. Na endlich!, dachte er.

Gleich darauf hielt der Wagen bei ihnen an. Konstanze, seine Freundin und Lebensgefährtin, sprang heraus und eilte zu Weiner. Ihn hatte sie anscheinend nicht gesehen.

»Ihr wollt doch nicht ohne mich anfangen«, rief sie, »ist Günter schon drinnen?«

Sie lief zur Eingangstüre.

»Nicht!«, schrien Alfred und der Dünne vom Wasserwerk. »Du kannst nicht …«

Wenn eine Frau sich etwas in den Kopf gesetzt hat, kann man dagegenreden, so viel man will, es wird nichts nützen.

Felber schloss die Augen. Er wollte gar nicht sehen, was jetzt geschah.

Den gar nicht damenhaften Schrei »Scheiße!« hörte er bis zum Auto und wartete nun auf das zwingend folgende Platschen.

Erleichtert seufzte er auf, als es ausblieb und eine fluchende Konstanze wieder in der Türe erschien. Die nasse Hose klebte bis über die Knie an ihren Beinen.

Jetzt haben wir genügend Komödie erlebt, dachte er, es wird Zeit, uns um die ernsthaften Angelegenheiten zu kümmern.

Das Erste, das Wichtigste, war, entschied er, Konstanze zu trösten. Er zog auch den zweiten Schuh, den trockenen, aus und krempelte die Hosenbeine hoch. Vorsichtig ging er auf Konstanze zu. Gleichzeitig parkte sich der Wagen der Spusi ein, und von Weitem hörbar näherte sich die Feuerwehr. Nur Doktor Kudlich war noch nicht auf der Bildfläche erschienen, doch der konnte sich Zeit lassen, es dauerte sicher noch eine Weile, bis das Wasser abgepumpt war.

Viel Zeit, um Trost zu spenden, blieb ihm nicht. Eine kurze Umarmung und ein gemurmeltes »Armer Hase – aber mich hat es auch erwischt« musste fürs Erste genügen.

Er wies die Feuerwehr ein, erklärte der Spurensicherung, was er von ihnen erwartete, und wunderte sich, weil es ihm gerade einfiel, dass sein Schulfreund Hubert Sieber, der Nachbar, sich noch nicht eingestellt hatte, um seinen Senf dazuzugeben.

Auf der anderen Straßenseite versammelten sich einige Nachbarn, aufgeschreckt durch Polizei- und Feuerwehrsirenen, oder lehnten aus ihren Fenstern, um die Neugierde zu befriedigen. Ein besonders Mutiger stiefelte über die Straße, packte Weiner am Arm und fragte, was hier los sei.

»Eine Amtshandlung«, entgegnete dieser knapp. »Sie werden früh genug davon erfahren. Begeben Sie sich bitte wieder auf die andere Straßenseite. Zuseher haben an einem Tatort nichts verloren.«

»Und was macht dann der hier?« Der Mann deutete auf Felber, der barfuß und mit hochgerollten Hosenbeinen einem Urlauber nicht unähnlich sah.

»Der ist der Chef. Und jetzt gehen Sie. Später haben wir sicher einige Fragen – auch an Sie.«

Der Mann schüttelte den Kopf, aber er ging. Felber hörte ihn murmeln: »Ich fühle mich verarscht. Der ist der Chef? Dann bin ich der Bundespräsident.«

Die Feuerwehr verlegte ihre Pumpleitungen, und Felber ging zu Konstanze, die an der Hausmauer stand und trotz der sommerlichen Temperaturen zitterte.

»Du solltest dir auch die Schuhe ausziehen, sonst holst du dir noch eine Verkühlung. Du darfst nicht krank werden, ich brauche dich doch jetzt.« Was hätte er auch sonst sagen können, um sie aufzumuntern.

»Ich kann nicht!«, schüttelte Konstanze den Kopf, und Felber sah sie mit hochgezogenen Brauen an.

»Die Fußnägel sind nicht lackiert.«

Er musste sich zur Seite drehen, um sein Grinsen zu verbergen. Das war natürlich ein Argument.

»Dann stell dich bitte wenigstens in die Sonne. Da trocknet es schneller. Im Moment können wir ohnehin nichts ermitteln.«

*

Es dauerte lange, bis der Schlauch nur mehr kratzende Geräusche von sich gab, so wie ein Strohhalm, wenn man den letzten Tropfen aus dem Glas saugt. Im gleichen Moment näherte sich zuckelnd das Auto des Pathologen.

»Gutes Timing«, murmelte Felber und ging mit Konstanze, deren Schuhe kaum einen Ton von sich gaben, dem Doktor entgegen.

»Hallo, Günter!«, rief Doktor Kudlich. Felber fand, dass die fleischige Nase des Doktors noch röter geworden war, seit sie sich das letzte Mal gesehen hatten. »Sag, könnt ihr nicht aufpassen, dass in Mödling nicht so viele Morde geschehen? Ich hab auch so genug zu tun.«

»Noch wissen wir ja nicht, ob es sich um einen Mord handelt, Doktor. Da musst erst du dein Urteil abgeben.«

»Na ja, für meinen Geschmack sind es auf jeden Fall zu viele.«

»Für meinen auch. Sehen wir uns die Leiche einmal an.«

Der Spurensicherungstrupp war bereits ausgeschwärmt, und bei der Eingangstüre wartete die ältere, dickliche Chefin mit einigen Taschenlampen auf sie.

Felber wunderte sich nach wie vor, dass es trotz dieser großen Auslagenscheibe gleich neben der Eingangstüre dermaßen finster in dem Raum war. Als er nun mit der Taschenlampe hinleuchtete, merkte er, weshalb.

Abgesehen davon, dass die Außenseite des Glases einen Belag aus Staub und Schmutz von Jahrzehnten hatte, war an der Innenseite eine Holzplatte montiert, die fast die ganze Öffnung ausfüllte. Nur oben war ein schmaler Spalt frei geblieben, durch den ein Hauch von Tageslicht fiel. Die Holzplatte selbst war mit Spinnweben behangen, die sicher aus dem vorigen Jahrhundert stammten.

Sie mussten einige Stufen hinuntersteigen, um zum Fußboden zu gelangen. Felber bildete sich ein, dass man dazu Souterrain sagte, auch auf der Hauptstraße gab es einige Geschäfte, die noch so angelegt waren.

An den Wänden standen tatsächlich immer noch Regale, Vollholz, von einem Tischler in Handarbeit gezimmert, wie es vor hundert Jahren üblich war, und auf einem ebensolchen Ladentisch lag die Leiche, wegen der sie gekommen waren.

»So sollte es immer sein.« Doktor Kudlich war begeistert. »Der Tote liegt genau in Arbeitshöhe, man muss sich nicht bücken, verrenken oder sonstige sportlichen Aktivitäten durchführen, die auf Gelenke oder das Kreuz einen schlechten Einfluss haben. Du solltest einmal einen Kodex für Mörder verfassen, Günter, in dem genau solche Dinge festgehalten sind, die unsere Arbeit erleichtern.«

»Die werden sich auch bestimmt daran halten, Doktor. Was machst du eigentlich den ganzen Tag? Solche Ideen ausbrüten?«

»Unter anderem, junger Mann, obwohl ich viel zu wenig Zeit habe. Dafür sorgst schon du«, lachte der Doktor und bekam prompt einen Hustenanfall. »Aber genug der Scherze«, keuchte er, »dann wollen wir uns einmal an die Arbeit machen.«

Die Leiche, die auf dem Rücken lag, war eindeutig männlich, was anhand des Anzuges und eines Schnurrbartes leicht zu erkennen war. Die Beine hingen über das Pult hinab, und die Füße steckten in abgetretenen Schnürschuhen, soweit Felber das im Schein der Taschenlampen feststellen konnte. Da sie wahrscheinlich über längere Zeit im Wasser gelegen hatte, war sie aufgedunsen und verströmte einen unangenehmen Geruch.

In Felbers Magen machte sich langsam ein flaues Gefühl bemerkbar, was er zu kaschieren versuchte, indem er jeden einzelnen Mann der Spurensicherungstruppe, die den Boden Zentimeter um Zentimeter absuchte, konzentriert beobachtete. Dann sah er zu Konstanze, die mit stoischer Miene neben dem Pult stand, und fühlte wieder ein wenig Stolz in sich aufkommen. Sie machte sich gut in seinem Team, vor allem, wenn er daran dachte, wie sie auf ihren ersten Toten reagiert hatte.

Doktor Kudlich ging, die Leiche betrachtend, rund um den Tisch und begann plötzlich, lauthals zu fluchen, als er in eine Wasserlacke stieg. Weiner, der sonst immer großen Respekt vor dem Doktor zeigte, begann zu lachen.

»Du wirst doch nicht sagen, dass jetzt deine besten Schuhe ruiniert sind, Doktor?«

Kudlich sah ihn grimmig an. »Meine zweitbesten. Sag, willst du mir nicht assistieren, Alfred?«

Weiner streckte die Hände abwehrend aus. »Nein, nein, Doktor. Entschuldige, war ja nicht so gemeint.«

Felber vergaß seinen Magen und musste schmunzeln. Alfred hatte wirklich ein Trauma abbekommen, was den Doktor im Zusammenhang mit Leichen und Leichenschauhaus betraf.

Er spürte mit einem Male, wie die Kälte in seinen nackten Füßen hochkroch. Zeit, dass sie aus diesem Loch wieder herauskamen.

»Verschiebt eure Fehde auf ein anderes Mal«, rief er. »Kannst du schon etwas zur Todesursache sagen, Doktor?«

»Fehde? Was für eine Fehde? Ich wollte doch nur, dass Alfred …« Als er Felber mit grimmigem Blick von einem Fuß auf den anderen steigen sah, unterbrach er sich. »Also, ertrunken ist er aller Voraussicht nach nicht. Wahrscheinlich hat sein Herz aufgehört zu schlagen. Und zwar durch mechanische Einwirkung. Mit einem Wort, er scheint erschossen worden zu sein, was man am Loch in diesem Jackett, dem Hemd und dem Brustkorb erkennen kann.« Zur Demonstration bohrte er einen Finger durch das Sakko, schob es dann zur Seite und deutete auf die blasse Wunde. »Aber, du weißt ja, Günter, Genaueres erst nach der Obduktion.«

No na, dachte Felber, etwas anderes hätte mich auch sehr gewundert.

Sehr höflich erkundigte der Doktor sich bei der Spurensicherung, ob er den Leichnam abtransportieren lassen könnte, und stieg die Stufen nach oben.

Der Mann mit der Kamera schoss noch schnell einige Fotos, die natürlich keine Aussagekraft hatten, da der Tote ja im überfluteten Raum geschwommen war.

»Ich brauche noch ein Foto vom Gesicht des Toten«, rief Felber.

»Hab ich schon. Sind fünf nicht genug?«, antwortete der Fotograf.

»Doch, doch. Ich möchte sie schnellstens auf meinem Tisch haben, klar?«

»So schön ist er auch wieder nicht«, murmelte der Mann, nickte aber dabei.

Kapitel 6

Es war eine Schnapsidee gewesen, mit bloßen Füßen einen Tatort zu begehen. Mittlerweile war die Kälte bei Felbers Haarwurzeln angelangt. Er musste raus aus dieser Gruft. Er warf noch rasch einen Blick auf die Leute der Spurensicherung, die akribisch jedes Steinchen in dem Raum umdrehten. Ganz hinten in der Ecke kauerte Konstanze und versuchte, die Türe eines Kastens der Geschäftseinrichtung zu öffnen. Das wird nicht leicht sein, mutmaßte er, das Holz ist durch die Nässe bestimmt aufgequollen. Wie sie es mit ihren nassen Schuhen hier herinnen nur aushielt?

Er war bereits auf der vierten der fünf Stufen angelangt, als Konstanze aufschrie: »Günter!«

Was denn jetzt, eine Ratte vielleicht? Zähneklappernd drehte er sich um.

Konstanze kam auf ihn zugelaufen. Lag es am Licht der Lampen, oder war ihre Nase wirklich weiß?

»Da, da …«, stammelte sie und wies auf den offenen Kasten, »da drinnen ist … das musst du dir ansehen.«

»Kann ich mir nicht vorher die Schuhe …? Mir ist so kalt.«

»Später. Zuerst das.« Sie eilte zu dem Kasten, und Felber folgte ihr seufzend und mit müdem Blick.

Als er vor der geöffneten Türe stand, riss er die Augen auf. Drinnen kauerte ein Mensch. Eigentlich ein Gerippe, dessen Totenschädel ihn angrinste.

»Das ist ja das reinste Horrorhaus. Hoffentlich ist der Doktor noch da.«

*

Felber erreichte Doktor Kudlich, als dieser sich gerade mit aufheulendem Motor aus der Parklücke quälte.

»Warum musst du immer so maßlos übertreiben, Günter. Genügt dir nicht ein Toter?« Seufzend blickte Kudlich zum Himmel.

Felber zuckte mit den Schultern. »Ich will doch nur, dass dir nicht fad wird, Doktor.« Dann wurde er ernst. »Ich weiß auch nicht, aber diese Leiche ist skelettiert, also muss sie schon seit vielen Jahren hier liegen. Hoffentlich findest du etwas heraus. Leicht ist das sicher nicht.«

»Richtig! Aber du kennst mich, Günter. In knifflige Sachen kann ich mich richtiggehend verbeißen. Wie mein alter Lehrer, Professor Wilde, immer sagte – man wächst mit den Aufgaben. Also, auf zur zweiten Runde.« Stöhnend quälte er sich aus dem Auto.

»Geh voran, ich komme gleich nach. Muss mir nur wieder meine Schuhe anziehen.«

Doktor Kudlich sah ihn nachdenklich an. »Da merkt man, dass man langsam vertrottelt. Ist mir gar nicht aufgefallen, dass du barfuß in dieser Eishöhle warst. Ich hoffe nur, dass es dir bewusst war. Warum machst du so etwas Dummes?«

Felber breitete die Arme aus. Für langwierige Erklärungen war jetzt keine Zeit.

»Ein kleiner Unfall«, sagte er, »bin gleich wieder da.«

*

Aufseufzend ließ Felber sich auf die Sitzgruppe fallen. War das heute ein Tag gewesen. Aufregend, ja, da gab es keinen Zweifel, interessant, sicher, wann findet man schon zwei Leichen auf einmal, deren Tod zwar zeitlich weit auseinander lag, aber unter Umständen doch irgendwie zusammenhing, jedoch auch sehr mühsam, was die Ermittlungsarbeiten anbelangte.

In seiner Nase spürte er ein heftiges Kribbeln, das sich kurz darauf in einer gewaltigen Explosion entlud. Verzweifelt suchte er nach einem Papiertaschentuch, als der nächste Niesanfall sich schon ankündigte.

Das hatte er davon. Diese hirnverbrannte Idee, sich der Schuhe zu entledigen, nur weil einer unangenehme Geräusche von sich gab. Gut, es ist nicht angenehm, nasse Schuhe anzuhaben, aber diese Verkühlung hätte er sich damit wahrscheinlich nicht zugezogen. Obwohl es auch nicht ausgeschlossen war.

Wieder begann die Nase zu kitzeln, er versuchte, sich zu erheben, um endlich an eine Packung Taschentücher zu gelangen, doch er fühlte sich viel zu schwach.

Eigentlich, so dachte er, war ja Konstanze schuld. Als sie angerast kam und sofort in das Haus stürzte, wollte er sie aufhalten, sie vor den Wassermassen retten. Da hatte er keine Sekunde an seine bloßen Füße gedacht.

Konstanze stand derweilen in der Küche, hantierte mit Töpfen und Tellern, als ob nichts gewesen wäre, sie nicht fast im eiskalten Wasser untergegangen wäre, während er sterbenskrank auf der Couch vor sich hin vegetierte.

Dabei konnte er sich im Augenblick keine Krankheit leisten.

Die Ermittlungsarbeiten abzugeben, kam nicht infrage. Ihm gruselte vor dem Gedanken, dass Alfred die Nachforschungen leiten sollte. Dazu war er doch viel zu jung. Und die Recherchen von einem Fremden durchführen zu lassen, war ein Ding der Unmöglichkeit.

»Konstanze!«, rief er und schnupfte auf. »Ich brauche dringend ein Pulver gegen Husten und rinnende Nase, ein Antibiotikum oder so was Ähnliches.«

Sie steckte den Kopf aus der Küchentüre. Felber deutete auf seine Nase.

»Außer Kopfwehtabletten hab ich nichts im Haus. Mir scheint, du hast wirklich einen leichten Schnupfen. Warte, ich mach dir einen Tee.«

So werden Krankheiten heruntergespielt, wenn sie einen nicht selbst betreffen, dachte er, fühlte sich aber nicht imstande, dagegen zu protestieren. Gleichzeitig wunderte er sich, wie sie das stundenlange Ausharren in ihren nassen Schuhen ohne triefende Nase und bellenden Husten überstehen konnte. Frauen sind einfach ein Mirakel.

Er war darüber ein wenig neidisch, aber auch froh. Es wäre das Aus für seine Truppe gewesen, wenn sie beide das Bett hüten müssten.

Dann fiel ihm noch eine Merkwürdigkeit ein, die aber nichts mit ihnen zu tun hatte. Sein ehemaliger Schulkamerad, Hubert Sieber, der Mann, der eigentlich ihre Aktivitäten ausgelöst hatte, hatte sich bei der ganzen Aktion nicht blicken lassen, obwohl der Aufmarsch von Wasserwerk, Feuerwehr und Polizei doch eine beträchtliche Anzahl von Neugierigen angelockt hatte.

Er konnte sich das nicht erklären, grübelte darüber nach und schlummerte dabei ein.

*

Erholsamer Schlaf kann Wunder vollbringen. Felber erwachte ausgeruht, vorsichtshalber schnüffelte er einige Male, doch der Schnupfen schlief entweder noch oder hatte sich in Luft aufgelöst. Durchs Fenster drang Tageslicht, und er bildete sich ein, Vogelgezwitscher zu hören. Er blickte auf seine Armbanduhr – der Zeiger stand auf fünf. Er tastete nach Konstanze, fühlte aber nur Polsterung. Erst jetzt wurde ihm bewusst, dass er auf der Sitzgarnitur lag.

Hatte er es gestern nicht mehr ins Bett geschafft? Oder lag er hier, weil Konstanze sich nicht von seiner Rotznase anstecken lassen wollte?

Egal! Er fühlte sich so fit, dass er nicht einen Baum, sondern gleich einen ganzen Wald ausreißen konnte. Trotzdem überlegte er, ob er sich nicht ins Schlafzimmer schleichen sollte, um noch eine Zeit lang neben Konstanze dahinzudämmern. Vielleicht konnten sie auch …

Sex in den Morgenstunden sollte ja sehr anregend sein, für den Kreislauf, den Blutdruck und das allgemeine Wohlbefinden.

Das mit dem erholsamen Schlaf relativierte sich, als er die Beine über die Kante schwang und aufstehen wollte. Der Schmerz fuhr sein Rückgrat entlang. Mannhaft verbiss er sich einen Schrei.

Es wurde wohl nichts mit der Gymnastik. Er musste versuchen, die einzelnen Wirbel im Rücken wieder in eine Linie zu bringen. Er erinnerte sich, dass Doktor Kudlich ihm einmal zu Dehnungsübungen geraten hatte. Die musste er durchführen, wenn er nicht als gebeugter, krummer Alter in der Polizeiinspektion aufkreuzen wollte.

Zuvor spähte er noch ins Schlafzimmer. Sie lag am Rücken, durch den geöffneten Mund drangen röchelnde Laute an sein Ohr. Das tat sie doch sonst nie. Sofort bekam er ein schlechtes

Gewissen. Hatte sie in ihrer Liebe zu ihm seine Verkühlung auf sich genommen, oder war es eine normale Reaktion auf nasse Schuhe und kalte Füße?

In diesem Augenblick war seine Liebe zu ihr noch größer als sonst. Leise schloss er wieder die Türe und tapste auf Zehenspitzen, soweit man das bei einem verkrüppelten Mann so sagen konnte, ins Badezimmer. Warmes Wasser war sicher auch gut für seine Beschwerden.

*

Konstanze sah eigentlich sehr frisch aus. Sie sprach zwar ein wenig durch die Nase, als sie zum Frühstückstisch kam, aber sonst …

Sicherheitshalber gab er ihr den Begrüßungskuss aber nur auf die Wange.

»Heute haben wir ja eine Menge Arbeit«, näselte sie. »Ich bin doch dabei, oder?«

»Selbstverständlich!«, beteuerte Felber, obwohl er Paukerl diesbezüglich noch beknien musste. Sein Chefinspektor hatte es bis heute nicht geschafft, größere Gruppen zu bilden, die ohne Wenn und Aber zusammenarbeiten konnten. Doch das Okay hatte er auch bei den letzten Mordermittlungen geschafft. Zuversichtlich schlenderten beide nach dem Frühstück ins Büro.

*

Felber verschwand gleich in Paukerls Büro und kam erleichtert lächelnd zurück.

Weiner und Konstanze saßen entspannt zurückgelegt in ihren Sesseln, vor ihnen ein dampfender Becher Kaffee.

»Habt ihr nichts zu tun?« Felber war ärgerlich. Wie konnte er nur vergessen, sich einen Kaffee zu besorgen? Waren das die ersten Anzeichen von Demenz?

»Doch! Wir warten. Erstens auf dich und dann auf die Ergebnisse der Spurensicherung.«

Ganz schön vorlaut, dieser Alfred, dachte er, das hat man davon, wenn alle außer mir befördert werden.

»Aber die sollten gleich da sein«, setzte Weiner nach.

»Wer?«, fragte er verwirrt.

»Na, die Erkenntnisse der Spusi. Werde endlich munter, Günter.«

Felber wollte gerade zu einer heftigen Antwort ansetzen, wurde aber vom »Ping!« aus Weiners Computer gestört.

»Ah! Da ist es«, rief Alfred. »Die Burschen können ja, wenn man sie anständig unter Druck setzt.« Geflissentlich verschwieg er die ältere, dickliche Chefin. So wie Doktor Kudlich war auch diese Frau ihm unheimlich.

Zwischenzeitlich hatte Felber sich wieder abreagiert, was vielleicht auch daran lag, dass Konstanze ihn mit einem Kaffee versorgt hatte.

»Dann leg einmal los, Alfred«, rief er und blies in den dampfenden Becher. »Hat man über die schwimmende Leiche was herausgefunden? Bei dem Gerippe rechne ich ja nicht damit, dass es mit einem Ausweis herumgefuchtelt hat. Aber der ›Schwimmer‹? Der war doch vollkommen bekleidet.«

»Zumindest den Namen hat man. Dank des Plastikzeitalters. Der Führerschein des Toten ist ein neuer, du weißt schon, in Scheckkartenformat. Ein Papierener hätte sich im Wasser bestimmt aufgelöst.«

»Ja, und …?«

»Was und …?«

»Es wäre toll, wenn du uns den Namen verrätst. Dann

könnten wir endlich mit der Arbeit beginnen.« In Felber machte sich das Gefühl breit, den Beruf des Toten zu kennen. Sollte er darauf eine Wette abschließen? Es juckte ihn in den Fingern.

»Ach so. Der Name ist Friedrich Meier«, buchstabierte Weiner.

»Na, dann fix. Ihr wisst schon, Telefonbuch, Vermisstendatei, Meldeamt und so weiter.« Felber lehnte sich gemütlich in seinem Sessel zurück, die Arme hinter dem Genick verschränkt.

Weiner sah ihn mit offenem Mund an, Konstanze rollte die Augen und schüttelte den Kopf.

Bei Felber meldete sich das schlechte Gewissen. Nein, so konnte er mit ihnen nicht umgehen, schließlich waren sie nicht nur Untergebene, sondern auch seine Freunde.

»Ich glaube, der Mann ist Rechtsanwalt. Hat mir ein Vogerl gezwitschert.« Er lachte. »Entschuldigt, hab euch das nicht erzählt, weil ich es für nebensächlich hielt. So lange, bis wirklich eine Leiche auftauchte.«

Dann erzählte er von seinem Schulkollegen Bertl Sieber, der die Sache ins Rollen gebracht hatte.

»Trotzdem müsst ihr überprüfen, ob meine Ahnung richtig ist. Ah ja, kontaktiert bitte auch das Grundbuch. Ich möchte wissen, wem diese alte Hütte gehört. Ich fahre inzwischen zu Doktor Kudlich. Will jemand mitkommen?«

Diese Frage war rein rhetorisch, er wusste, weder Alfred noch Konstanze waren davon angetan, Kudlichs Klause zu betreten, wenn es nicht unbedingt erforderlich war.

Kapitel 7

»So schnell, Günter?« Doktor Kudlich saß behaglich an seinem Schreibtisch und schlürfte genussvoll an seinem geliebten Dirndlschnaps. »Meine Patienten sind schon so lange tot, Monate und Jahrzehnte, denen kommt es auf einige Stunden oder Tage nicht an. Dass ist das Gute an meinen Klienten, sie sind sehr geduldig.«

»Ich nicht, Doktor.«

Hatte Kudlich am Ende noch gar nicht begonnen, sondern lieber seinen Schnaps gesüffelt? Felber trommelte nervös mit seinen Fingern auf die Pultplatte.

»Aber ich seh schon – die Unruhe ist dir ins Gesicht geschrieben. Du solltest dich massieren lassen, das löst die Spannungen. Vielleicht macht deine Liebste einmal einen Kurs? Oder du trinkst doch von diesem köstlichen Dirndlschnaps? Entschuldige, ich weiß ja, dass ich dir den nicht anbieten darf. Gut, gut, dann kommen wir gleich zu den nüchternen Fakten.«

Felber war vom launigen Monolog des Doktors gereizt von einem Fuß auf den anderen getreten, sein Gesicht nahm immer mehr die Farbe einer Tomate an.

»Also, bevor du vor Neugierde zerplatzt, der Mann hier ist nicht ertrunken, sondern erschossen worden.«

»Das weiß ich, Doktor«, presste Felber hervor.

»Richtig! Hab es euch ja am Tatort demonstriert. Das Projektil ist mitten durchs Herz gegangen und hat sich dann, abgelenkt durch eine Rippe, verirrt. Es saß knapp unterhalb des linken Beckenrandes. Der Schütze muss seitlich des Opfers gestanden haben.«

»Keine sonstigen Auffälligkeiten?«

»Wenn du meinst, ob es vorher zu Handgreiflichkeiten kam oder es Abwehrverletzungen gibt, muss ich dich enttäuschen. Nachdem die Leiche längere Zeit im Wasser gelegen hat, ist das auch kaum nachzuweisen. Außer, der Mörder wäre mit äußerster Brutalität vorgegangen.«

»Das heißt doch, dass man davon ausgehen kann, dass Opfer und Täter sich gekannt haben.«

»Richtig kombiniert, Sherlock. Ich würde das auch so sehen. Zur Sicherheit nehme ich mir die Extremitäten aber noch einmal genau vor. Glaube aber kaum, dass es etwas bringt.«

»Na ja, zum Glück bin ich ein bescheidener Mensch«, seufzte Felber, stierte vor sich hin und schlug sich dann auf die Stirn. »Doktor, ich werde alt. Jetzt hätte ich beinahe vergessen, dich nach dem Todeszeitpunkt zu fragen. Wenn du da überhaupt etwas sagen kannst.«

Doktor Kudlich kicherte und nahm einen kräftigen Schluck aus seiner Schnapsphiole. »Reden kann ich immer, daran wird es mir nie mangeln. Anhand der Lagerung im Wasser schätze ich auf acht Wochen. Plus-minus eine Woche. Das muss dir genügen.«

»Mein Name ist Bescheidenheit«, deklamierte Felber. Was konnte er schon anderes tun, als Humor zu zeigen.

»Ah, noch etwas, Günter!«, rief Kudlich. »Jetzt bin ich dran, mich über mein Gedächtnis zu beschweren. Wie ich schon sagte, habe ich das Projektil herausoperiert und übergab es gleich dem kriminaltechnischen Dienst. Die werden dir in einigen Tagen sagen, dass es sich um Kaliber 7,65 mm handelt.«

»Woher willst du das wissen, Doktor?«

»Das ist eine lange Geschichte, die du sicher nicht hören willst. Daher die Kurzfassung: Mein Großvater besaß eine uralte Wehrmachtspistole und war sehr stolz darauf. Angeblich wurde sie zu Beginn des zwanzigsten Jahrhunderts hergestellt, eine Luger, auch Parabellum genannt. Wurde nicht sehr lange produziert. Die hatte dieses Kaliber. Diese Pistole habe ich in meiner Jugend eingehend studiert, als ich mir den Beruf eines Scharfschützen als glorreich und heroisch vorgestellt habe. Na ja, du siehst, was letztendlich aus mir geworden ist.«

Was wollte der Doktor jetzt hören? Überraschung? Mitleidskundgebungen? Bestätigungen seiner Berufswahl? Mit alldem wollte Felber im Moment nicht dienen. Er hatte einen Mörder zu fangen und keine Zeit, sich auf philosophische Diskurse einzulassen.

»Danke!« Felber wandte sich zur Türe. »Du hast mir sehr geholfen, aber jetzt muss ich. Es gibt viel Arbeit.«

»Verflixt!« Kudlich hämmerte mit der flachen Hand auf seine Stirn. »Der Computer da oben ist auch nicht mehr der neueste. Sollte ein Update machen lassen.« Felber sah ihn verwirrt an. »Ich weiß nicht, warum ich das nicht erzählt habe. Auf den Mann scheint zweimal geschossen worden zu sein. Es gibt am Rücken eine Austrittswunde. Ah ja, die kommt mir ein wenig eigenartig vor. Ich versprech dir, Günter, die seh ich mir noch einmal genauer an, ich schwöre!«

Felber musste schmunzeln über diese Dramatik, und dadurch kam sein Ärger, dass der Doktor so etwas Wichtiges bis jetzt verschwiegen hatte, nicht richtig in Fahrt. Er konnte nur den Kopf schütteln.

Beim Ausgang drehte er sich noch einmal um. Sein Gedächtnis – wie konnte er so vergesslich sein? Gab es vielleicht ein

Pulver dagegen? Oder einen Gedächtniskurort irgendwo in den heimischen Alpen? Oder doch ein Update – obwohl er das nicht genau verstanden hatte? Er hütete sich aber, Kudlich diesbezüglich genauer zu fragen.

»Ehe ich es vergesse, Doktor. Hast du schon etwas über das Skelett herausgefunden?«

Kudlich sah ihn überrascht und etwas verhärmt an.

»Bin doch kein Archäologe, Günter. Lass mir etwas Zeit.«

*

Während Felber zu seinem Auto stapfte, ließ er sich alles noch einmal durch den Kopf gehen. Sie hatten einen erschossenen Rechtsanwalt, ein Gerippe in einem Kasten und viel zu viel Wasser in einem Haus, das nicht als Schwimmbad gedacht war. Gab es da einen Zusammenhang? Zwischen den beiden Leichen konnte er sich das ohne Weiteres vorstellen. Dem Wasserschaden war sicher ein Gebrechen vorausgegangen, da musste er auf die Expertise des Wasserwerkes warten. Er schmunzelte, als ihm der verrückte Gedanke in den Sinn kam, jemand hätte dem Toten Schwimmunterricht erteilen wollen.

Auf alle Fälle musste er Hubert Sieber aufsuchen, mit einem Foto des toten Schwimmers. Er hatte das dumpfe Gefühl, der Tote sei der seit Langem vermisste Anwalt. Es war eine logische Schlussfolgerung, der Mann hatte nach den Erzählungen von Bertl das Haus betreut, und es gab keinen Grund anzunehmen, dass ein wildfremder Mensch sich in das Haus verirrt hatte, um sich erschießen zu lassen.

Er fuhr zur Inspektion, um das Bild des Toten zu holen. Kurz überlegte er, Konstanze mitzunehmen und den Abend beim Heurigen ausklingen zu lassen. Die Presswurst war wirklich ausgezeichnet gewesen, und er hatte noch den Duft von gut gewürztem Schweinsbraten in der Nase. Einmal etwas anderes als Kartoffeln und Gemüse oder Gemüse mit Kartoffel und einem Hauch von Hühnerfleisch. Er schätzte zwar Konstanzes Kochkünste, aber manchmal musste man einfach ausbrechen, über die Stränge schlagen und etwas völlig Ungesundes essen, das verlangte die Lebenslust.

*

»Ich brauche das Bild des Toten.« Konstanze und Weiner sahen mit müden Augen von ihren Bildschirmen hoch. Dann machte ein Lächeln sich auf Alfreds Gesicht breit, und er begann, eifrig in den vielen Zetteln auf seinem Schreibtisch zu graben.

»Gut, dass du da bist, Günter«, rief er. »Hast dir ja ganz schön viel Zeit gelassen beim Doktor. Also, ich würde es nicht so lange in dieser Gruft aushalten, da könnte er mir Schnaps anbieten, so viel er wollte.«

»Du weißt doch, dass ich im Dienst nichts trinke«, antwortete Felber kurz angebunden. »Alles, was ich will, ist das …«

»Stell dir vor«, unterbrach Alfred ihn, »wir haben jetzt die Bestätigung, dass der Tote dieser Rechtsanwalt ist und dieses Haus verwaltet hat.«

»Woher …?« Felber sah ihn fragend an.

»Glück muss der Mensch haben«, meldete Konstanze sich. »Hradil brachte einen Mann zu uns, dieser stellte sich als Hubert Sieber vor, Nachbar von dem Haus, in dem wir die Toten gefunden haben. Dem haben wir natürlich gleich das Foto gezeigt, und er meinte, dass dieser Mann zu neunundneunzig Prozent der Anwalt sei. Du kannst stolz auf uns sein.« Sie lächelte und sah ihn erwartungsvoll an.

Das ging Felber ein bisschen zu schnell. Er hatte vorgehabt, diesen Bertl selbst mit dem Bild zu konfrontieren, dabei seine Reaktion zu beobachten und anschließend gemeinsam mit Konstanze einen gemütlichen Heurigenabend zu genießen. Warum mussten seine genau geplanten Vorhaben immer schieflaufen? Was wurde aus dem Schweinsbraten und einem lauschigen Abend?

»Das habt ihr gut gemacht«, sagte er etwas herb. »Obwohl ihr eigentlich nichts dafür könnt.«

Sofort bereute er diesen Satz, doch dann kam ihm die rettende Idee.

»Wisst ihr was? Für heute habt ihr genug gearbeitet. Ich lade euch ein. Ich wollte sowieso eure Beförderung noch einmal feiern. Dieser Hubert Sieber ist nämlich Heurigenwirt und außerdem ein alter Schulkollege von mir.«

*

Alfred Weiner war von dem Vorschlag begeistert, Konstanze sagte nichts. Auch nicht, als Felber, sobald sie beim Heurigen eintrafen, sofort einen warmen Schweinsbraten mit Krautsalat bestellte. Sie zog nur die Augenbrauen in die Höhe.

»Was willst du«, sagte er, vor seiner Tapferkeit selbst erschrocken, »Kraut ist doch sehr gesund.«

Sie lächelte ihn süß an, und Felber ahnte, dass irgendwann ein Donnerwetter auf ihn zukommen würde.

Doch vorerst genoss er erst einmal diese Köstlichkeit. Ihm würde schon etwas einfallen, um sie wieder zu versöhnen.

Dann erinnerte er sich, dass er sich ja vor einigen Tagen bei Alfreds Grillabend mit Schweinefleisch so vollgestopft hatte und seine Galle sich daraufhin bitterlich rächte. Das durfte heute nicht passieren. Er hörte in sich hinein, glaubte, erste

Anzeichen zu erkennen, schob den Teller zur Seite und widmete sich lieber dem Krautsalat.

Er blickte zu Konstanze – stand Anerkennung in ihren Augen?

»Es schmeckt mir nicht, vielleicht zu viel Knoblauch?«

Konstanzes Lippen umspielte ein zartes Lächeln. War das bereits ihre Absolution?

Er kam nicht dazu, sich weiter Gedanken darüber zu machen, denn ein massiger Mann steuerte auf sie zu, in der Hand ein Serviertablett mit einer Flasche Rotwein und vier Gläsern.

»Na, Günter!«, rief er, kaum beim Tisch angekommen. »Hatte ich nicht recht mit meiner Vermutung? Es ist ein Kreuz, solche Nachbarn zu haben.«

»Na, na, Bertl, jetzt übertreibst du aber. Konntest doch zufrieden sein. Ein Haus, in dem niemand wohnt – keine Beschwerden wegen Lärmbelästigung, keine Anzeigen, wenn die Musik länger spielte, oder grölende Besoffene – welcher Heurigenwirt hat das schon?«

»Das ist schon richtig, aber trotzdem ist es gruselig, wenn im Nebenhaus ein Mord geschieht.«

»Das wissen wir doch gar nicht.«

»Entschuldige, Günter, es waren genügend Zuseher auf der Straße, die alles genau mitbekommen haben.«

»Den Mord auch?«

Sieber wurde nervös. »Wieso? Der ist doch nicht am hellichten Tag … du kannst Fragen stellen …«, stotterte er.

»Ich meine damit, man soll nicht immer auf das Gequatsche der Leute hören. Übrigens – wo warst du eigentlich gestern? Ich habe dich vermisst.«

»Ich?« Bildete Felber sich das nur ein, oder wurde Sieber wirklich blass?

»Na ja … ich war gestern unterwegs … geschäftlich … weißt du?« Er kam aus dem Stottern nicht hinaus.

»Ist ja nicht so wichtig«, winkte Felber ab. Irgendwie sah Bertl Sieber schuldbewusst aus, überlegte er, war er vielleicht doch in den Mord, oder besser, die Morde verwickelt oder hatte er sonst etwas zu verbergen? Vielleicht etwas, von dem seine Frau nichts wissen sollte?

Jetzt ging seine Fantasie mit ihm durch, rügte er sich. Er wusste doch nicht einmal, ob Bertl verheiratet war.

Aber das ging ihn nichts an – wahrscheinlich. Warum musste er überall Verdächtige sehen?

»Ich meinte«, fuhr er fort, »dass wir nicht wissen, ist der Mann in diesem Haus erschossen worden oder wurde der Leichnam dort nur abgelegt? Es könnte ja sein, dass der Täter wusste, dass niemand dieses Haus je betrat – außer dem Rechtsanwalt, und der war ja tot.« Felber räusperte sich und stellte die seiner Meinung nach unverfängliche Frage: »Hast du in den letzten Monaten oder Wochen nie ein Geräusch gehört, das nach einem Schuss klang?«

Bertl wurde wieder blass und stotterte: »Nein – nie – du weißt doch – bei uns ist bis spät in der Nacht so ein Wirbel – da hört man nichts außer Geschrei und Gelächter. Nein, nie.«

»Schade. Hätte ja sein können. Aber genug davon. Deswegen sind wir nicht hergekommen.«

*

Im Nachhinein betrachtet, war es noch ein gemütlicher Abend geworden. Der Rotwein, ein Zweigelt, schmeckte allen, und nachdem Bertl sich wieder einigermaßen gefangen hatte, unterhielt er sie mit Anekdoten aus dem Heurigenalltag. Felber liefen Lachtränen über das Gesicht.

Doch als er begann, die gemeinsame Schulzeit hervorzukramen, fand Felber es nicht mehr ganz so lustig. Das waren doch beinahe Intimitäten, die nicht für jedermanns Ohr bestimmt waren. Für Konstanze und Alfred kamen neue Seiten ihres »Chefs« zum Vorschein, und Felber fürchtete, dass diese hervorgeholt wurden, wenn etwas bei ihrer Arbeit nicht klappte und er grantig auf den Tisch schlug. Er fühlte sich erpressbar, und das wurmte ihn.

Seine Laune sank auf einen Tiefpunkt, und brummig drängte er zum Aufbruch.

Sie waren beinahe beim Tor angelangt, Bertl trottete hinter ihnen her, da drehte sich Felber noch einmal um.

»Sag, Bertl, wo ist eigentlich deine Frau? Du bist doch verheiratet?«

Hubert Sieber wechselte wieder einmal seine Farbe. »Äh … sie ist irgendwo im Haus. Sie mag keinen Wein – irgendwie verträgt sie ihn nicht.«

Kapitel 8

»Komm, mein Bär, sei nicht so ein mieser Tropf«, sagte Konstanze, als sie im Bett lagen und Felber noch immer schmollte. »Wir haben in der Schule doch alle die verrücktesten Sachen angestellt. Soll ich dir erzählen, was wir mit den Burschen getrieben haben?«

»Ich will es nicht wissen«, knurrte er, doch es klang schon ein wenig versöhnlicher. »Jeder hat ein Recht auf ein bisschen Privatsphäre. Wo kämen wir denn hin, wenn jeder über jeden bis ins kleinste Detail Bescheid wüsste?«

»Aber das tut es heutzutage doch schon. Seit es Internet, Facebook und was weiß ich noch alles gibt und alle es mit Begeisterung nutzen, bleibt doch nichts mehr verborgen.«

»Das ist ja lachhaft. Was so ein Idiot schreibt, interessiert doch höchstens einen anderen Idioten.« Felber musste grinsen, die grämliche Miene war verschwunden.

Konstanze stöhnte. »Puuh!«, blies ihre in die Stirn hängenden Haare aus dem Gesicht und kuschelte sich an ihn.

»Sieh es doch so. Wenn einer der Deppen sich schreibend mit einem Einbruch brüstet, erwischen wir ihn schneller. Solche Foren haben auch ihre guten Seiten, man muss sie nur finden. Und jetzt schlaf gut, mein Bär, wir sollten morgen fit sein.«

*

Wie beschwichtigend Konstanze auch gewesen war, Felber hatte dennoch von der Schule geträumt. Ein Gewirr von Gesichtern trat auf, viele hämisch grinsend, manche unbeteiligt und sogar einer, der bewundernd zu ihm aufsah. Er konnte sich nicht mehr genau erinnern, aber er glaubte fest, dieses Gesicht erkannt zu haben – Hubert Sieber.

Als er aufwachte – der Wecker hatte noch nicht geklingelt, obwohl die Helligkeit des Tages den nahenden Warnruf ankündigte –, schloss er nochmals die Augen, um diesen Traum festzuhalten. Konnte es sein, dass Bertl, dieser vorlaute und freche Kerl, der nie um eine Ausrede verlegen war und immer den Mund offen hatte, tatsächlich zu ihm aufblickte?

Felber schüttelte den Kopf. Da spielte sicher Wunschdenken eine Rolle. Obwohl er sich durchaus gefreut hätte, wenn es so gewesen wäre. Träume sind Lug und Trug, seufzte er – da läutete der Wecker.

Willkommen in der Realität, dachte er und schwang seine Beine über die Bettkante. Je mehr Schritte er tat, desto diffuser wurde dieser Traum, und als er am Frühstückstisch saß, konnte er sich kaum mehr an etwas erinnern. Nur Hubert Sieber rumorte noch in seinem Kopf, doch den schob er energisch zur Seite.

*

Als sie ins Büro kamen, saß Weiner bereits vor dem Computer. Was er sich angesehen oder recherchiert hatte, blieb sein Geheimnis, denn als sie das Zimmer betraten, klickte er die Seite schnell weg, nur das Desktopbild flimmerte am Bildschirm. Es gab ja eigentlich noch nichts zu ermitteln. Felber rätselte.

Nun, das ging ihn nichts an, solange es nichts Privates oder Erotisches war, was auf der Inspektion nichts zu suchen hatte. Obwohl – ausschließen konnte man so etwas nie, Felber hatte schon genug derartige Dinge erlebt.

Aber bei Alfred glaubte er nicht, dass dieser sich schon am frühen Morgen Pornoseiten reinzog. Anderes musste dahinterstecken, und bei Felber hatte sich schon seit einiger Zeit das Gefühl breitgemacht, dass Alfred etwas verbarg. Es war eine unbestimmte Empfindung, und jetzt fiel ihm auf, dass dieser Eindruck ihn das erste Mal überkommen hatte, als Alfred, ohne auf die scherzende Bemerkung einer jungen Polizistin einzugehen, das Haus verließ. Er, der sonst keine Gelegenheit ausließ, mit jungen Kolleginnen zu tändeln, hatte plötzlich keine Zeit dafür.

Das war ein sehr merkwürdiges Verhalten von ihm, Felber konnte sich das nicht erklären. Er musste einmal mit Konstanze darüber sprechen.

Aber jetzt war keine Zeit dafür, ein, oder besser gesagt, zwei Morde warteten auf Aufklärung.

»Alfred, haben wir jetzt alle Daten von dem Rechtsanwalt?«, fragte er. »Ich möchte, dass du dich um einen Gerichtsbeschluss kümmerst, wir müssen schließlich seine Wohnung und das Büro durchsuchen, uns seine Kontakte ansehen, um so zu einem Verdächtigen zu kommen. Er ist schließlich nicht ›nur so‹ gestorben, da hat jemand kräftig nachgeholfen.« Er kratzte sich am Kopf und wandte sich Konstanze zu.

»Ich weiß, das ist für dich nicht angenehm, aber fahre bitte zu seiner Wohnung und höre dich um, Nachbarn, Geschäftsleute und so weiter. Es wäre gut, wenn wir wüssten, welche Bekannten er hatte, Freunde, Frauen, aber auch Feinde, ob es mit jemandem Streitereien gab, also, welcher Mensch er war. Alles ist wichtig, auch die kleinste Unstimmigkeit.«

»Wie kommst du darauf, dass es mir unangenehm ist?« Sie lachte spitz auf. »Frauen sind doch geboren für den Tratsch. Das ist doch eure landläufige Meinung, oder?«

»Du sollst nicht tratschen, sondern Erkundigungen einholen. Der Mann wurde schließlich ermordet, und der Täter ist höchstwahrscheinlich in seinem Umfeld zu finden.« Felber war sauer und hieb mit der flachen Hand auf den Tisch. Musste er wirklich immer auf alle und jeden Rücksicht nehmen? Dann konnte er ja gleich den Fall allein lösen.

»Jetzt spielst du aber den Brummbären.« Konstanze lächelte ihn süß an.

Hoppla, jetzt hieß es zurückrudern. Wenn sie so lächelte, konnte man das fast mit einer gefährlichen Drohung vergleichen.

»Entschuldige, aber es ist wirklich …«

»Ich versteh dich schon, mein Bär, ich mache das auch wirklich gerne, man lernt sicher eine Menge dabei, und das will ich doch, ehrlich.«

Felber stieß erleichtert einen Seufzer aus.

»Gut!«, rief er, und um nicht in den Verdacht zu geraten, als Einziger im Büro Däumchen drehen zu wollen, setzte er nach: »Ich fahre zum Wasserwerk. Es ist doch eigenartig, dass auf einem Grundstück monatelang das Wasser fließt, ohne dass denen irgendetwas auffällt. Ich möchte wissen, wie so was geschehen kann.«

Weiner hatte von dem Disput anscheinend nichts mitbekommen. Er saß da, hatte sein Handy hervorgeholt und tippte eifrig darauf herum. Ein Lächeln umspielte seine Lippen.

»Alfred!«, schrie Felber, und wieder sauste seine Hand auf den Tisch. »Hör auf zu spielen. Hast du alles mitbekommen? Dann an die Arbeit.«

*

Konstanze hatte zum Abendessen einen griechischen Bauernsalat gezaubert, mit allem Drum und Dran, Schafkäse, Oliven, Zwiebeln, Tomaten und viel Grünzeug. Dazu gab es dicke Schnitten eines Olivenbrotes. Felber hätte gerne noch eine anständige Scheibe Kümmelbraten dabeigehabt, aber es schmeckte auch so vorzüglich. Auch den Wein fand er ausgezeichnet, obwohl es kein Retsina war, sondern ein gewöhnlicher Veltliner. Man konnte sich beinahe wie im Süden fühlen, mit Sonne, Sand und Meer.

Er war rundum zufrieden und brachte das durch behagliches Grunzen zum Ausdruck.

Konstanze hingegen schien anderes zu beschäftigen, sie stocherte lustlos in ihrem Salat herum.

»Weißt du, was mit Alfred los ist?«, platzte sie schließlich heraus. »Er benimmt sich in der letzten Zeit ziemlich merkwürdig.«

Felbers letzter Grunzer verhallte, und er blickte hoch, die Stirne nachdenklich gerunzelt.

»Ist dir das auch aufgefallen? Eigentlich wollte ich ja dich bei Gelegenheit fragen, ob du eine Ahnung hast. Beim Grillen und beim Heurigen benahm er sich doch noch ziemlich normal, oder? Obwohl – als wir die Leichen fanden, verhielt er sich auch nicht so wie gewohnt.« Ein schrecklicher Gedanke durchzuckte ihn. »Will er vielleicht den Job hinwerfen?«

»Alfred?«, Konstanze lachte. »Sicher nicht. Er ist doch mit Leib und Seele Polizist. Ich habe vielmehr das Gefühl, dass er verliebt ist, und zwar heftig.«

»Glaubst du?«

Konstanze nickte. »Du weißt doch, wir Frauen haben ein Gespür dafür.«

»Ja, ja, ihr Frauen. Man sollte ihn vielleicht fragen, ob was dran ist.«

»Untersteh dich«, rief sie und warf ihre Serviette nach Felbers Kopf, »damit machst du alles kaputt. Die Liebe muss reifen, ehe man damit in die Öffentlichkeit geht, das solltest du selbst am besten wissen.«

»War ja nur ein Scherz«, murmelte er. »Schauen wir noch ein bisschen in die TV-Kiste, oder hast du einen besseren Vorschlag?«

*

Die Sorge über Alfreds Benehmen hatte ihn ganz vergessen lassen, Konstanze nach ihren Recherchen zu fragen. Auch seine Erkundigungen beim Wasserwerk blieben irgendwo in seinen Gehirnwindungen stecken und vermieden es, lautstark um Aufmerksamkeit zu bitten.

Das fiel ihm erst auf, als er unausgeschlafen, aber glücklich beim Frühstück saß. Sehnsüchtig starrte er auf die Kaffeemaschine, die viel zu langsam, wie ihm schien, nur tröpfchenweise ihren belebenden Inhalt in die Kanne rinnen ließ.

Auch Konstanze gähnte herzhaft, während im Backrohr die Semmeln knusprig wurden.

Jetzt, wo er endlich daran dachte, wurde seine Neugierde beinahe unbezähmbar und machte ihn zappelig, als ob er in den Körper seines Freundes Alfred geschlüpft wäre.

Er hütete sich aber, diese Frage anzusprechen. Er wusste, welche schnippische Antwort er bekäme, denn Konstanze hasste nichts mehr, als sich kurz hintereinander zu wiederholen.

Er musste sich einfach gedulden, bis sie bei Alfred im Büro waren.

Ganz schaffte er es nicht, gleichmütig zu bleiben, hastig schlang er seine Marmeladesemmel hinunter und drängte zum Aufbruch.

Kapitel 9

»Ihr seid schon da?«, wunderte Weiner sich, und Felber sah erstaunt, dass Alfreds Monitor noch dunkel war. Stattdessen beschäftigte er sich mit seinem Handy, einem Smartphone, dessen Handhabung bei Felber auf technisches Unverständnis stieß.

Von Konstanze bekam er einen Rippenstoß, mit dem Kopf deutete sie diskret auf den Freund. Felber sog verwundert die Luft ein. Alfred war doch ganz normal angezogen. Jeans, ein weißes Hemd, die Ärmel wegen der schon herrschenden Wärme aufgerollt, also nichts Auffälliges. Doch dann bemerkte er den dunklen Fleck auf dem Hemdkragen.

»Ich wusste es«, flüsterte Konstanze und begann zu kichern.

»Ist was?« Alfred schien irritiert.

»Nein, nein«, sagte sie, konnte aber nicht mit ihrem Gegacker aufhören.

Felber erbarmte sich.

»Du solltest dein Hemd wechseln, Alfred, du hast einen Fleck auf dem Kragen.«

Alfred versuchte, unter Verrenkung von Gesicht und Augen etwas zu erspähen, was natürlich misslang.

»Ah, ich glaube, das ist ein Vogelschiss«, rief er und verließ fluchtartig den Raum.

»Hast du gesehen, mein Bär, das war bestimmt ein Lippenstift. Alfred muss eine heiße Nacht hinter sich haben.«

»Die hatten wir auch, Liebling. Jetzt wissen wir wenigstens, warum er sich in der letzten Zeit so eigenartig benommen hat. Aber bitte, kein Wort mehr darüber, wenn er zurückkommt. Er soll es uns selbst sagen, wenn er dazu bereit ist.«

»Natürlich, meine Lippen sind versiegelt.«

»Aber hoffentlich nur in dieser Sache.«

»Welche Sache?« Weiner war zurückgekehrt und stopfte sich das frische Hemd in die Hose.

»Ääh … die Befragung der Nachbarn des Rechtsanwaltes. Konstanze wollte gerade zu erzählen beginnen.« Felber spürte Hitze in sich aufsteigen. Wurde er rot?

Erneut bekam er den Ellbogen in die Rippen. Das durfte auf keinen Fall zur Gewohnheit werden. Mit hochgezogenen Brauen starrte er Konstanze an.

»Reiß dich zusammen«, zischte sie.

Wie konnte er das, wenn die Stelle, an der ihr Ellbogen ihn getroffen hatte, übrigens ein überaus spitzer Ellbogen, wahnsinnig schmerzte?

Er stöhnte, und Konstanze seufzte. »Ja, also die Befragung«, fing sie an. »Sehr ergiebig war sie ja nicht. Laut der Nachbarn, die ich angetroffen habe, lebte er sehr zurückgezogen. Aus seiner Wohnung drang zwar immer wieder Hämmern und Klopfen, so als ob er basteln würde, was manche Mitbewohner ziemlich störte, aber man sah ihn kaum, und wenn es einmal im Gang oder Stiegenhaus zu einer Begegnung kam, blieb es stets bei einem kurzen Gruß. Kaum jemand wusste, welcher Beschäftigung er nachging. Als ich die Nachbarn auf Rechtsanwalt Doktor Meier ansprach, schüttelten alle verständnislos den Kopf. Mit einem Wort, sie hatten keine Ahnung, dass er Anwalt war.«

»Grandios!«, unterbrach Felber sie. »Das bringt uns ja ein tolles Stück weiter.«

Man spürte den Frust hinter seinen Worten.

»Ich kann nichts dafür«, verteidigte Konstanze sich, und dann lächelte sie. »Ganz erfolglos war ich aber nicht. Die Frau, die neben Herrn Meier wohnt, ein altes Weib, das nichts Besseres zu tun hat, als den ganzen Tag am Fenster zu hängen, alles beobachtet und wahrscheinlich damit die ganze Stiege terrorisiert, hat mir erzählt, dass ihr Nachbar öfter Damenbesuch bekam. Immer Abends oder in der Nacht, wenn niemand mehr einen Schritt vor die Wohnungstür setzte und von den Besuchen nichts mitbekam. Außer ihr natürlich. Sie vermutete, dass es sich um ein leichtes Mädchen handelte. Flittchen, sagte sie, doch es war immer dieselbe und sah eigentlich nicht nach einer Hure aus, gut gekleidet, etwas älter, lange, dunkle, gewellte Haare mit ein paar grauen Strähnen, und sogar ihre Augenfarbe kannte sie – strahlend blaue Augen. Wie sie das alles feststellen konnte, ist mir ein Rätsel.«

»Frauen, die den ganzen Tag nichts anderes zu tun haben, bekommen ein Gespür dafür … glaube ich«, mischte Weiner sich ein.

»Na, du als Frauenkenner musst es ja wissen«, witzelte Felber. Weiner wurde tatsächlich rot, schnappte nach Luft und wollte eine geharnischte Antwort loswerden. Konstanze kam ihm zuvor.

»Seid ein bisschen lieb zueinander, Männer. Auf jeden Fall glaube ich der Alten.«

»Belassen wir es einmal dabei«, meinte Felber, jetzt wieder ganz ernst und geschäftsmäßig, »es ist doch einmal ein guter Ansatz.«

»Tja, mein Lieber, das ist aber noch nicht alles.« Bei Männern würde man sagen, sie werfen sich in die Brust. Konstanze hingegen sah nun aus wie ein Pin-up-Girl. »Die Dame wusste noch viel mehr zu berichten. Sie meinte, es sei ungefähr zwei Monate her, dass sie diese Frau das letzte Mal hier gesehen habe. Den Rechtsanwalt übrigens auch. Es sei an diesem Abend zu einem heftigen Streit zwischen den beiden gekommen. Es rumpelte und krachte ganz ordentlich in der Nachbarwohnung, also dürfte es auch zu Handgreiflichkeiten gekommen sein. Ich wollte ihr ein genaueres Datum entlocken, aber sie sagte, dass sie schließlich kein Tagebuch mit den Vorkommnissen im Haus führe. Obwohl – sie ist genau der Typ, der sehr wohl dazu imstande ist. Vielleicht schämte sie sich vor mir und rückte deshalb nicht mit der Wahrheit heraus. Ich glaube, ich werde sie noch einmal besuchen, mit Kaffee und Kuchen baut man bei alten Damen ein gewisses Vertrauensverhältnis auf. Ihr werdet sehen, ich bekomme Datum und genaue Uhrzeit von ihr.«

Felber konnte sich nicht halten, er schlug wieder auf den Tisch. Diesmal aber nicht aus Ärger, sondern vor Freude.

»Gut hast du das gemacht«, rief er, »ich wusste es ja. Da können wir aufbauen. Diese Dame müssen wir unbedingt finden, dann sind wir schon ein großes Stück weiter. Trotzdem, Wohnung und Büro gehören genau untersucht, vielleicht finden wir ja noch Anhaltspunkte zu Meiers geheimem Liebesleben.« Felber runzelte die Stirn und wandte sich Weiner zu. »Alfred, wie sieht es mit dem Gerichtsbeschluss aus?«

»Sollen wir eigentlich morgen am Tisch haben.« Er blickte auf seine Uhr. »Todsicher morgen. Wir könnten doch schon vorarbeiten. Du kennst meine Schlosserkünste ... was ist, wenn wir uns heute schon einmal die Wohnung vornehmen? Zeit hätten wir genügend.«

»Nein, nein, kommt nicht infrage. Wir werden die Vorschriften genau einhalten. Das kann ich mir nicht leisten, sonst habe ich noch ein Disziplinarverfahren am Hals und vielleicht noch länger ein Beförderungsverbot.«

»Spielverderber!«, brummte Weiner. »Seit wann bist du so karrieregeil?«

»Du hast leicht reden, schließlich trage ich die Verantwortung. Und, was heißt karrieregeil? Das bin ich nicht. Aber im Leben eines jeden Mannes kommt einmal der Zeitpunkt, wo er zu überlegen beginnen sollte, wie er sich die weitere Lebensplanung vorstellt.« Jetzt war es wieder einmal der Ärger, der ihn auf den Tisch hauen ließ.

»Du als junger Spund denkst natürlich nicht daran, ob du als Gruppen- oder als Chefinspektor in Pension gehen kannst. Aber ich muss mir langsam Gedanken darüber machen – unter anderem.«

Konstanze konnte nicht anders, sie musste kichern. So groß war der Altersunterschied der beiden auch wieder nicht. Ihr armer Bär machte sich Sorgen um eine Rente, die noch viele, viele Jahre vor ihm lag. Etwas anderes stimmte sie aber dann doch nachdenklich. Was hatte er nur gemeint mit den Worten: »Unter anderem«? Sie betrachtete ihren Verlobungsring, und ein Hoffnungsschimmer blitzte auf. Konnte es sein, dass er endlich doch …

»Konstanze!« Der Ruf schreckte sie auf, holte sie auf den Boden der Realität zurück.

»Wir haben, auch wenn wir den Gerichtsbeschluss noch nicht in den Händen halten, genügend zu tun. Wissen wir zum Beispiel schon, wem diese alte Hütte gehört? Und dann sollten wir …« Er stockte und schlug sich an die Stirn. »Meine Güte, ich bin wirklich schon total vertrottelt. Vielleicht sollte ich tatsächlich um Frührente ansuchen. Seit Stunden will ich euch erzählen, was ich im Wasserwerk erfahren habe. Also wirklich …«

»Du solltest dir öfter auf das Hirn klopfen. Den herausrieselnden Kalk kannst du dann dazu verwenden, deine Knochen zu stärken – Osteoporose in deinem Alter, weißt eh«, unterbrach Weiner ihn.

Felber starrte ihn erbost an, doch dann grinste er. Endlich kam wieder sein alter Freund und Kollege zum Vorschein. Früher hatten sie sich oft so kleine Scharmützel geliefert. Er atmete auf, hoffentlich hielt dieser Zustand an.

»Warte nur, du kommst auch noch ins Kalkbergwerk«, rief er.

»Nie und nimmer. Mein Gehirn ist dagegen resistent.«

»Ja, weil nichts drinnen ist.«

»Wasserwerk!« Konstanze versuchte, dieses Gefecht zu beenden.

»Entschuldige. Ja, also …« Felber versuchte, seine Gedanken zu sammeln. »Sie nennen es einen schleichenden Schaden. Beim Waschbecken im Nebenraum des Geschäftes ging höchstwahrscheinlich eine Lötstelle auf, bei so altem Gemäuer an sich kein Wunder, erst tropfte es nur, das Loch vergrößerte sich, das Wasser rann, und schließlich sprudelte es. Es fiel niemandem auf, dass der kontinuierliche Wasserverbrauch stetig anstieg. So erklärte der Chef es mir in entschuldigendem Ton, aber doch bestimmt. Ein bisschen Bauchweh dürfte er dabei aber gehabt haben. Trotzdem verteidigte er seine Mitarbeiter und meinte, wenn es nicht zu einem abrupten Anstieg komme, wie zum Beispiel bei einem Rohrbruch, erkenne man so etwas meist erst, wenn die nächste Rechnung fällig wird und sich der Eigentümer wutentbrannt über die horrende Summe beschwert.«

»Na ja, welcher Beamte ist schon um Ausreden verlegen«, warf Weiner spöttisch ein. »Obwohl – er wird schon recht haben. Die Leute können ja nicht jeden einzelnen Wasserzähler im Auge behalten. Das ist sowohl technisch aber auch personell nie möglich.« Er holte tief Luft. »Man müsste ein intelligentes Wasserrohr erfinden, das selbstständig jeden Schaden meldet. Damit könnte man sicher zu den Milliardären aufsteigen. Machst du mit, Günter?«

Felber sah ihn mit großen Augen an und schüttelte den Kopf. »Spinnst du schon wieder? Außerdem – ich möchte gar kein Millionär oder gar Milliardär sein. Die haben doch nur Sorgen und Angst, dass ihr Geld weniger wert wird, dass jemand es verzockt oder sie wegen Lösegeld entführt werden. Nein, mein Lieber, das tue ich mir nicht an.«

»Schade«, grinste Weiner. »Ich hätte dich mit fünfzig Prozent beteiligt. Natürlich nur, wenn du mich vorher finanziert hättest.«

»Könnt ihr beiden Spinner endlich zum eigentlichen Thema zurückkommen?« Konstanze hätte doch froh sein sollen, dass die beiden, was vor allem Alfred anbelangte, sich wieder so gut verstanden.

»Ist ja schon gut«, versuchte Felber, sie zu besänftigen, »ein bisschen Abwechslung muss manchmal sein, sonst …« Er verstummte abrupt und setzte eine Miene auf, die auf angestrengtes Nachdenken hindeuten sollte.

»Sag, Konstanze«, fuhr er danach fort, »ich kann mich beim besten Willen nicht daran erinnern, der Tote im Kasten, das Gerippe, war der angezogen?«

»Wie kommst du jetzt darauf?«

»Keine Ahnung.« Er zuckte mit den Schultern. »Ich habe nur so ein Gefühl, dass es wichtig sein könnte.«

»Angezogen.« Konstanze runzelte die Stirn. »Alte Jeans und ein kurzärmliges Hemd, rot kariert, glaube ich, doch die Farbe war kaum zu erkennen. Aber das muss doch alles im Bericht der Spurensicherung stehen. Haben wir den nicht schon?«

Weiner und Felber begannen, auf ihren Schreibtischen zu kramen. Vor allem die Aktenberge auf Felbers Tisch gerieten bedrohlich ins Schwanken und lösten beinahe eine Lawine aus. Nur unter Aufbietung fast übermenschlicher Kräfte gelang es ihm und der herbeigeeilten Konstanze, dies zu verhindern. Das wäre eine Katastrophe gewesen. Sie fanden nichts, was bei diesem Sauhaufen, der sich regelmäßig vor ihm auftürmte, kein Wunder war. Wieso kam er nie dazu, diesen Stau einmal abzuarbeiten? Während er mit ausgebreiteten Armen die Akten hielt, fiel ihm der Grund ein.

Jedes Mal, wenn er sich an die Aufarbeitung machte, geschah in Mödling ein Mord. Ob es da einen Zusammenhang gab?

»Ich hab's!«, rief Weiner und wachelte mit einem dünnen Ordner. Felber und Konstanze sprangen auf. Eigentlich sprang nur Konstanze, Felber stemmte sich mühsam aus seinem Sitz. Gemeinsam, er links von Alfred, während Konstanze ihn rechts flankierte, versuchten sie, den Bericht zu entziffern.

»Tatsächlich!«, rief Felber. »Du hattest recht, Jeans und rot kariertes Hemd, ziemlich ausgebleicht, aber noch erkennbar. Dass du dir das gemerkt hast.«

Eine leichte Röte überzog ihr Gesicht, man merkte ihren Stolz. »Das ist doch nichts«, flüsterte sie, »hab schließlich einen guten Lehrer.«

»Das ist interessant!«, ließ Weiner sich vernehmen, der von dem liebevollen Geschwafel anscheinend nichts gehört hatte. »Man hat ein paar Schillinge und Groschen im Hosensack gefunden. Dazu einige Papierfetzen, die sie noch genauer untersuchen müssen. Vielleicht Geldscheine. Das bedeutet, der Tote lag eine ganz schön lange Zeit in dem Kasten. Mindestens seit – hast du eine Ahnung, Günter, wann der Euro in Österreich eingeführt wurde?«

Auf Felbers Stirn zeigten sich dicke Falten. Alfred wollte ein Datum? Das war doch schon ewig lang her. Solche Kleinigkeiten konnte man sich doch unmöglich merken. Er hatte doch so ein Kastl, sollte er dort hineinschauen, man nannte das »googeln«.

Er zog die Schultern in die Höhe und breitete die Arme aus. »Frag doch deinen g'scheiten Kollegen, den Computer, der hat doch auf alles eine Antwort.«

»War ja nur ein Quiz, um dein Allgemeinwissen zu testen, Günter«, grinste Weiner. »Warte, das haben wir gleich.« Damit beugte er sich über die Tastatur. »Na, das ist ja nicht zu glauben. Im Jahr zweitausendzwei. Pfff, wie die Zeit vergeht. Das heißt, der Tote liegt schon über zwölf Jahre in dem Kasten. Kein Wunder, dass er so abgemagert ist.«

»Alfred!«, ereiferte Konstanze sich konsterniert. »Deine Witze waren auch schon einmal besser.«

»Also, so schlecht fand ich ihn gar nicht«, stellte Felber fest. »Da hab ich schon Schlimmeres gehört. Aber jetzt wissen wir wenigstens, welche Arbeit wir tun müssen. Die Vermisstenanzeigen durchsehen. Jeder nimmt sich einmal zwei Jahre vor, und wenn wir nichts finden, müssen wir noch weiter zurückgehen. Da haben wir allerhand zu tun.«

Kapitel 10

Es war tatsächlich eine Heidenarbeit, die sie notgedrungen machen mussten, und dazu noch eine sehr staubige Angelegenheit. Denn so weit zurückliegende Fälle waren nicht vom Computer erfasst, sie mussten sich in der Registratur auf die Suche begeben.

Zum Glück lagen die Akten nicht wirr durcheinander, ein fleißiger Beamter, der bis vor einigen Jahren diesem Gewölbe vorstand, ehe die Elektronik auch bei der Polizei Einzug hielt, hatte eine gewisse Reihung nach Delikten vorgenommen.

Dieser Posten wurde dann natürlich schnell eingespart, doch der Mann hatte Glück. Er befand sich gerade in einem Alter, das es ohne schlechtes Gewissen gestattete, ihn in Pension zu schicken.

Seitdem lag dieser Raum in einem Dämmerzustand, wurde nur betreten, um irgendein Gerümpel abzulegen, oder wie eben jetzt, um alte Fälle auszugraben.

Konstanze nieste einige Male kräftig, als sie einen Karton herauszog, schnupfte auf und rief: »Also, ich geh damit ins Büro. Hier kann man sich ja eine Staublunge zuziehen.«

Felber wollte protestieren, aber sie war schon zur Tür hinaus. Weiner sah ihn an. »Sie hat ja recht, Günter«, meinte er und verzog sich ebenfalls.

Stur, wie Felber eben manchmal war, blieb er justament alleine zurück, obwohl er das an sich nicht vorgehabt hatte. Er seufzte, als er einen Karton aus dem Regal hob, setzte ihn vorsichtig auf dem Tisch ab und blies energisch über die Tischplatte und den Sessel, was einen heftigen Hustenanfall auslöste. Er seufzte erneut. Arbeit konnte hin und wieder ganz schön hart sein.

Als er den ersten Akt aufschlug, machte sich ein Ziehen in der Magengegend bemerkbar. Ihm fiel ein, dass er zum Frühstück nur eine mickrige Marmeladesemmel zu sich genommen hatte. Sollte er ins Büro hinaufgehen, um zu sehen, ob Konstanze für den vormittäglichen Gusto etwas mitgenommen hatte?

Nein! Das würde er nicht tun, das käme doch einer Niederlage gleich. Er strich sich über den Bauch, um ihn zu beruhigen, und blickte auf seine Uhr. Kurz vor elf. Da musste er noch zwei Stunden ausharren. Sein Magen protestierte.

Unter heftigerem Streicheln beugte er sich über den Akt und holte tief Luft. Staubfressen hatte sicher nicht den Nährwert einer Leberkässemmel.

Dann war mit einem Mal der Hunger vergessen. Diesen Akt kannte er doch. Den hatte er das letzte Mal durchstöbert, als er der Registratur einen Besuch abgestattet hatte. Vor gut einem Jahr. Als er seinem Chef Paukerl nahelegen wollte, die Beziehung zu dieser Frau … wie hieß sie doch gleich … irgendetwas mit K … genau, Sonja Fiesler war der Name. Und vor ihm lag die Akte von ihrem verschwundenen Ehemann.

Felber blickte zur Decke hoch. Waren diese Frau und Paukerl noch zusammen? Die Decke antwortete nicht, doch Felber hoffte, dass dies nicht der Fall war. Diese Dame verbarg ein Geheimnis, und er ahnte oder fürchtete, dass dies ein schreckliches war. Obwohl eigentlich nichts dafür sprach. Nur dieses mulmige Gefühl in seinem Bauch.

Dennoch musste er den Mann in den Kreis jener Kandidaten aufnehmen, die als Gerippe geendet haben konnten.

Felber legte den Akt zur Seite, um weitere Aspiranten zu suchen. Kaum zu glauben, wie viele Menschen Jahr für Jahr verschwinden. Obwohl sie nur kurz ins Wirtshaus, in die Trafik oder einen Blumenladen gehen wollten.

Dass alle ermordet in einem Kasten, unter der Erde im Garten oder gut verborgen im Dickicht des Waldes vermoderten, konnte Felber sich nicht vorstellen. Da mussten sich allerhand Tragödien innerhalb der Familien abgespielt haben. Schließlich nimmt man nicht so schnell Reißaus, um irgendwo in der Fremde ein neues Leben zu beginnen. Diese Männer … Hoppla! Beim nächsten Akt, den er aufschlug, handelte es sich um eine Frau. Natürlich verschwanden auch Frauen und Mädchen, wobei es sich bei diesen oft um einen kriminellen Hintergrund handelte. Man las oder hörte doch beinahe jeden Tag von Mädchenhandel, Mafia und seit Neuestem von Unruhen und Kriegen, die Jugendliche anzogen wie Motten das Licht.

Frauen … Felber kam ins Grübeln. Er musste sich unbedingt mit Doktor Kudlich in Verbindung setzen. Das Gerippe im Kasten konnte doch ebenso gut eine Frau sein. Hosen sprachen nicht dagegen, die trugen viele.

Wenn Kudlich auch sonst nichts herausfand, das musste er doch feststellen können. Er erinnerte sich, einmal gelesen zu haben, dass das Becken von Mann und Frau sich unterschied.

Seufzend nahm er den nächsten Akt zur Hand. Er war aber nicht ganz bei der Sache. Seine Gedanken überschlugen sich. Was war wichtiger – das Aussieben der verschwundenen Personen oder die Durchsuchung von Wohnung und Büro des toten Rechtsanwalts?

Er wollte, nein, er musste sowohl hier wie dort dabei sein, um sicherzustellen, dass keine Fehler passierten. Ob der Unmöglichkeit, beides gleichzeitig bewerkstelligen zu können, drang Kichern aus seiner Kehle. Teilen müsste man sich können. Trotzdem empfand er das Kichern als befreiend, und schmunzelnd blätterte er die restlichen Ordner durch.

Sie würden das schon schaffen, er hatte doch ein gutes Team.

*

Zurück im Büro hängte Felber sich sofort ans Telefon.

»Hallo, Doktor!«, schrie er, noch immer umspielte ein Lächeln seine Lippen. »Wegen des Skelettes …« Er hielt den Hörer weg vom Ohr, und die aufmerksam lauschenden Konstanze und Weiner vernahmen unwilliges Brummen. »Nur eine Kleinigkeit, die du doch mit Links schaffst«, versuchte Felber es besänftigend. »Ist das Gerippe männlich oder weiblich?«

»Sächlich!«, knurrte Kudlich. »Es heißt ja ›das Skelett‹.«

Felber atmete tief durch. Er musste den Doktor bei einer äußerst wichtigen Tätigkeit gestört haben.

»Komm wieder runter, großer Meister«, säuselte er und fing mit einer langatmigen Erklärung an. »Wir versuchen gerade, die Vermisstendateien abzuklären und da …«

»Entschuldige, Günter«, unterbrach Kudlich, »hab nur gerade an einer schlimmen Erfahrung zu kiefeln.« Näheres ließ er sich nicht entlocken. »Also – eindeutig männlich.«

»Das war es auch schon, Doktor. Danke, das hilft uns sehr. Also dann …« Felber wollte schon auflegen, da fiel ihm noch etwas ein: »… entschuldige, die Körpergröße wäre …«

Das Telefon gab nur das Freizeichen zum Besten. Verdammt! Jetzt musste er Kudlich noch einmal bei der Bewältigung seiner schlimmen Erfahrung durch Dirndlschnaps stören. Aber das war zu wichtig, er konnte keine Rücksicht nehmen.

*

Einhundertzweiundachtzig Zentimeter hatte Doktor Kudlich erklärt, als Felber ihn nach einigen Minuten wieder am Telefon erreichte. Ihm, der sich vor einem Anschiss des Doktors gefürchtet hatte, fiel beinahe der Hörer aus der Hand, als er die freundliche Stimme vernahm.

Diesen Stimmungsumschwung innerhalb kürzester Zeit musste man einmal verarbeiten. Nachdenklich starrte Felber auf das Telefon. War es möglich, dass auch Männer in den Wechsel und damit in eine Lage kamen, die einem Sprichwort zufolge mit »Himmelhoch jauchzend – zu Tode betrübt« beschrieben wurde? Da konnte er sich ja auf allerhand gefasst machen.

Zum Glück war es bei ihm aber noch nicht so weit – oder doch? Er schielte zu Konstanze, ob er bei ihr Anzeichen von Ärger oder Belustigung bemerken konnte, doch sie drehte gedankenverloren ihren Ring.

Der Ring – Ärger kroch langsam in ihm hoch –, dieser verdammte Juwelier, der ihm vor knapp einem Jahr diesen eingepackt hatte, ohne dass er, Felber, es beachtete. Darauf folgte gleich der nächste Gedanke – war er schon bereit, das Versprechen des Ringes – die Hochzeit folgen zu lassen? Er war sich nicht sicher, und das ärgerte ihn noch mehr.

»Wir haben nun die Größe und das Geschlecht des Gerippes, also beginnt auszusieben«, erregte er sich und hieb mit der flachen Hand auf den Tisch.

Erschrocken blickten Konstanze und Weiner ihn an.

»Na ja, wir brauchen langsam Ergebnisse«, versuchte er zu beruhigen.

*

Es blieben drei Männer über, mit denen sie sich intensiver beschäftigen mussten. Alois Helfer, Kurt Donner und Harald Fiesler.

Um die Sache zu beschleunigen, sollte jeder sich einem Fall widmen. Felber selbst übernahm Alois Helfer, teilte Kurt Donner Weiner zu und überließ Harald Fiesler aus einem bestimmten Grund Konstanze. Er selbst wollte zum jetzigen Zeitpunkt mit Sonja Fiesler nichts zu tun haben. Zu gut erinnerte er sich an den Tag vor ungefähr einem Jahr, als er ihr im Zimmer von Paukerl begegnet war. Schon bei dieser ersten und zum Glück auch letzten Begegnung fühlte er Unbehagen gegenüber dieser Frau. Paukerl hingegen zeigte sich hingerissen und ließ nichts über sie kommen, trotz Felbers versteckter Anspielungen.

Er glaubte, dass Konstanze als Frau vielleicht einen besseren Zugang zu ihr fand. Trotzdem sprach er eine Warnung aus: »Lass dich bitte nicht einwickeln.«

Sie lächelte breit, ihre grünen Augen glitzerten schalkhaft. »Das gelingt niemandem. Außer vielleicht … dir.«

Eine glatte Verkennung der Tatsachen, dachte Felber und musste ebenfalls schmunzeln.

»Na, dann …«, rief er, und dann fiel ihm ein, was er schon wieder vergessen hatte, etwas sehr Wichtiges und gleichzeitig Unangenehmes. »Warte! Ich muss vorher noch zu Paukerl. Dauert nicht lange.«

Er klopfte an die Tür des Chefinspektors und riss die Türe auf. Vorsichtig spähte er in alle Ecken des Zimmers, ehe er eintrat. Paukerl saß allein in seinem Zimmer, kein Oberst Pelzer, keine Frau …

»Das ›Herein!‹ könntest du schon abwarten, Günter, so viel Zeit sollte sein«, rief sein Boss und schob etwas in die Schreibtischlade. »Wo brennt's denn?«

Felber war irritiert, wie sollte er beginnen? Ihn direkt auf diese Liebschaft ansprechen, so es diese überhaupt gab oder gegeben hatte? Es waren ja nur Vermutungen und Ahnungen, ausgelöst durch Paukerls damaliges Verhalten.

»Chef, du weißt ja … das Skelett … der zweite Tote neben dem Rechtsanwalt … also, nach Doktor Kudlichs Erkenntnissen ist es ein Mann … mindestens zwölf Jahre tot … wir haben uns die Vermisstenkarteien angesehen, weil wir dachten, das Gerippe könnte einer dieser Männer sein … sonst haben wir ja keinen Ansatzpunkt …«, stotterte er und plötzlich wurde ihm heiß, Schweißtropfen bildeten sich auf seiner Stirn. Verdammt! Warum war es nur so schwierig, über solche Intimitäten zu sprechen?

»Gute Idee!«, rief Paukerl und klatschte vor Begeisterung in die Hände. »Macht nur weiter so. Ich bin überzeugt, du löst das mit Bravour, und dann kann der Oberst … na ja, du weißt schon. Gut, dass du mir das sagst. War's das?«

Felber druckste herum. Wäre das Gespräch doch endlich vorbei. »Uns sind drei Männer aus der fraglichen Zeit übergeblieben, und jetzt wollen wir die Frauen und Verwandte noch einmal befragen.«

»Klar! Ist doch eure verdammte Pflicht. Da kann doch niemand etwas dagegen haben.«

»Genau! Obwohl es für die Verbliebenen nicht einfach sein wird, wieder alles aufzurühren. Aber da ist noch etwas … einer dieser Vermissten ist Harald Fiesler … der Mann von Sonja …« Felber brach ab und starrte Paukerl an.

Der sah ihn verständnislos an. »Und …?«

»Na ja, Chef … wenn du dich erinnerst … vor einem Jahr … als wir die Fünffach-Mörderin fassten, diese Maria Hauser … kurz vorher … da war ihre Freundin, Sonja Fiesler, bei dir im Büro … die hat sich doch eigenartig verhalten … und da dachte ich …« Felbers Redefluss versiegte, und Paukerl stieß ein sonores Lachen aus, das nicht sehr ehrlich klang. Felber hielt den Atem an.

»Und nun glaubst du …? Da verhält man sich einmal ritterlich und schon …« Paukerl schnaubte. »Von mir aus könnt ihr ermitteln, so viel ihr wollt, ist das klar, Günter?«

Felber stieß hörbar den Atem aus. Das dürfte damals nicht ganz so gelaufen sein, wie sein Chef sich das vorgestellt hatte. Doch ihm konnte das egal sein, er hatte freie Hand, das hatte Paukerl klar und deutlich zum Ausdruck gebracht.

*

Felber suchte die Telefonnummer von Frau Helfer, die im Akt vermerkt war. Hoffentlich war die Dame nicht umgezogen, das würde alles wieder verzögern.

Lange ertönte das Freizeichen, Felber wollte schon entnervt auflegen, da meldete sich eine Stimme, männlich, verschlafen.

»Helfer?«

»Guten Tag, ich hätte gerne Frau Helfer gesprochen.«

»Meine Frau? Einen Moment, ich glaube, die ist gerade im Keller.«

Sieh an, hatte sie noch einmal geheiratet? Nun, an sich war das kein Wunder, das Verschwinden ihres ersten Mannes lag doch schon viele Jahre zurück. Da durfte man kein Urteil abgeben, wenn Ersatz gesucht wurde.

»Ja?« Dieses Wort und die müde Stimme genügten Felber, um vor seinen Augen das Bild einer abgearbeiteten, verhärmten Frau entstehen zu lassen.

»Gnädige Frau«, begann er behutsam und stellte sich erstmals vor. »Gruppeninspektor Felber von der Mödlinger Polizei. Bitte, nicht erschrecken, wir bearbeiten gerade einige alte Fälle, und da sind wir auf das Verschwinden Ihres Mannes vor dreizehn Jahren gestoßen. Sie haben damals eine Vermisstenanzeige aufgegeben, und jetzt wollte ich …«

Ein schrilles und resignierendes Lachen drang durch den Apparat.

»Hab ich das? Ich wollte, er wäre noch immer vermisst. Aber was machte der feine Herr damals? Er fuhr mit seinen Kumpanen nach Jugoslawien. Ohne das mit einem Wort zu erwähnen. Vierzehn Tage später stand er wieder vor der Haustür, der Loisl, aber in was für einem Zustand. Genau kann ich mich noch erinnern, und verbessert hat die Lage sich auch nicht mehr.« Die Frau holte tief Atem und fuhr mit einer Bitte fort: »Herr Inspektor, können Sie ihn nicht wieder fortschaffen?«

Eigentlich lag Felber jetzt auf der Zunge: »Bin doch kein Zauberer!«

Aber so eine flapsige Antwort wollte er der armen Frau nicht zumuten, sie war gestraft genug. Also entrang er sich nur ein lahmes »Tut mir leid, Gnädigste!« und legte auf.

Im Nachhinein brodelte wieder Ärger in ihm auf. Da hatte jemand kräftig geschlampt. Wie konnte so etwas geschehen? War man zu faul gewesen, den Akt am neuesten Stand zu halten, oder hatte man die Anzeige nicht ernst genug genommen, was sich ja letztlich als richtig erwiesen hatte? Trotzdem – ein Abschluss, ein »Erledigt!« samt Begründung hätte man schon in der Akte vermerken können. Da wäre keinem der Kollegen ein Stein aus der Krone gefallen.

Felber holte das nach und schmiss den dünnen Hefter seufzend auf den viel zu kleinen Stapel der erledigten Akte. Nachträglich fiel ihm ein, dass ja auch die Ehefrau es nicht als nötig befunden haben könnte, ihre Anzeige zurückzuziehen, nachdem ihr Gemahl reumütig wieder vor der Haustüre stand.

Er blickte auf die Uhr und hoffte, dass Weiner und Konstanze mehr Erfolg hatten.

*

»Das ist eine sehr nette Frau«, sagte Konstanze, als sie am Abend beim Küchentisch saßen. Felber hatte als Küchenprofi glänzen wollen und Saltimbocca alla Romana zubereitet. Das Rezept dazu fand er vor einigen Tagen in einer Illustrierten und riss es heraus. Leider ging dabei die doch sehr wichtige Anzahl der Salbeiblätter verloren, und so hatte er nach Gutdünken gehandelt. Die Schnitzel waren zwar essbar, aber der intensiv herbe Geschmack des Salbeis dämpfte doch die Lust des Gourmets. Mit unglücklicher Miene und hochgezogenen Brauen beobachtete er Konstanze, die tapfer kaute und jeden Bissen mit einem kräftigen Schluck Bardolino hinunterspülte.

Jede Unterhaltung, die nicht auf seine Kochkünste anspielte, war ihm deswegen recht.

»Findest du wirklich?«, murmelte er daher.

»Ja. Nett und gleichzeitig arm.«

Felber sah sie fragend an.

»Na, stell dir doch vor, wie ich mich fühlen würde, wenn du an einem Samstag sagst, dass du nur schnell im Wirtshaus Zigaretten holen willst, und nicht wiederkommst.«

»Ich rauche nicht.«

»Das ist doch jetzt egal. Allein der Gedanke daran, dass du von irgendwo schnell etwas holen willst und nie wieder zurückkommst, jagt mir eine Gänsehaut über den Rücken.«

Felber blickte sie liebevoll an.

»Ich werde nicht verschwinden.«

Dies kaum ausgesprochen, durchzuckte ihn ein Schreck, und sein Gewissen meldete sich. War das wieder ein Satz, den man als Versprechen auslegen konnte? Ein Versprechen, von dem er noch immer nicht wusste, wann er es einlösen konnte?

Hastig stand er auf und begann, Teller und Pfanne vom Tisch zu räumen.

Erleichtert hörte er, wie Konstanze weiterplauderte.

»Diese Ungewissheit muss schrecklich sein. Tag für Tag zu warten, Woche für Woche bei jedem Geräusch vor dem Haus aufzuschrecken und dabei nie die Hoffnung aufzugeben, dass der geliebte Mensch eines Tages doch wieder vor der Türe steht.«

»Ist das deine Auslegung?«

»Nein, das sind die Worte von Frau Fiesler. Warum fragst du?«

Felber neigte seinen Kopf leicht zur Seite.

»Ich kenne den Akt. Zeugenaussagen beschreiben massive Streitereien zwischen den Ehepartnern.«

»Auseinandersetzungen gibt es doch in jeder Familie.«

»Mit Blutergüssen?«

Konstanzes Wangen röteten sich.

»Entschuldige, mein Bär, ich muss gestehen, dass ich mir den Akt nicht so genau durchgelesen habe. Ich wollte mir ein unvoreingenommenes Bild machen. Ist sie wirklich geschlagen worden?«

»Das behaupten zumindest die Zeugen. Wie weit es zutrifft, könnte uns nur eine sagen – Frau Fiesler. Und das bezweifle ich.«

»Also – so, wie sie über ihren Mann gesprochen hat, kann ich mir das nicht vorstellen.«

Felber überlegte, ob er ihr von der letzten Eintragung im Akt erzählen sollte, in den ein Beamter mit Bleistift hingekritzelt hatte: »Wir sollten ihren Garten umgraben, dann finden wir ihn bestimmt!« Aber das war die persönliche Bemerkung eines Beamten, zynisch und voreingenommen, dem diese Frau unsympathisch gewesen war, oder ein hilfloser Witz, weil man in der Ermittlung nicht weiterkam. Er jedenfalls fand diese Frau, seit er ihr vor einem Jahr begegnet war, als unangenehm. Ihre Art, ihr Gehabe, wenn sie mit Männern zusammensaß. Mit Unbehagen erinnerte er sich an Paukerl, wo er sie einmal gesehen hatte. Sein Chef stellte nichts in Abrede, was sie behauptete, und wie er mit beinahe hündischem Blick an ihren Lippen hing, ging ihm schon sehr auf die Nerven.

Aber die Arbeit durfte nicht von Gefühlen geleitet sein, wichtig waren Beweise, und die hatten sie nicht, zumindest bis jetzt.

»Damit ist dieses Kapitel erst einmal abgeschlossen. Ich hoffe, Alfred hat Wichtigeres zu bieten. Und jetzt ist bitte Schluss, man soll seine Arbeit nicht bis ins Schlafzimmer tragen.«

»Schlafzimmer? Mein Lieber, heute gibt es im Fernsehen einen wunderbaren Liebesfilm, von der Kritik hoch gelobt.«

Felber verdrehte die Augen und seufzte, während Konstanze sich an ihn kuschelte. War das ihre Rache, weil er sich immer noch nicht entschieden hatte? Aber er konnte nicht aus seiner Haut, also beschloss er, es zu ignorieren. Es war ja möglich, bei dem Film zwischendurch ein Schläfchen einzulegen.

Kapitel 11

»Also, diese Frau Donner hat wieder geheiratet und heißt jetzt Blitz …« Felber und Konstanze rissen die Augen auf.

»… nein, ein Scherz«, lachte Weiner. »Sie heißt jetzt Boskovics, hat vor zwei Jahren wieder geheiratet, nachdem sie ihren Mann für tot erklären ließ. Ich glaube, die beiden – also sie und ihr jetziger Mann – hatten schon damals ein Pantscherl. Vielleicht ist dieser Herr Donner deswegen abgehauen. Jedenfalls – als ich sie nach Gewand, Geld und sonstigen Eigenheiten fragte, antwortete immer der Boskovics.«

»Na, die haben doch ein super Motiv. Der Tote im Kasten könnte doch dieser Donner sein«, unterbrach Felber ihn.

»Ich sei, gewährt mir die Bitte, in eurem Bunde der Dritte«, deklamierte Weiner Friedrich Schiller. »Warum lässt du mich nicht ausreden? Ich hab noch allerhand Wichtiges zu sagen.«

Während er erklärte, dass Frau Donner-Boskovics keine Ahnung hatte, in welchem Gewand und mit wie viel Geld ihr Mann verschwunden war, ihr aber eine Eigenheit, nämlich ein künstliches Kniegelenk, in Erinnerung war, dachte Felber an Schillers »Ballade«, die er in der Schule auswendig lernen musste. Lange schon hatte sein Freund sich nicht mehr über seine literarische Tätigkeit ausgelassen. War er noch bei dieser Schreibgruppe? Hatte die sich aufgelöst? Oder sah er ein, nicht für diesen lyrischen Krempel geeignet zu sein? Etwas stimmte da nicht, lag er ihm und Konstanze früher doch immer wieder in den Ohren, wenn eine Lesung angesagt war, oder er sich erregte, dass einige Damen immer nur über Herzschmerz oder tiefgründige Trauer schrieben. Bei dieser Grübelei überhörte er beinahe die Bemerkung über das künstliche Knie.

Weiner und sein Krimigeschreibsel, das sowieso nie fertig werden würde, waren Nebensache.

Wichtig war das Knie. Er musste sich bei Kudlich erkundigen, dieser Metallteil sollte sich doch bei den Knochen finden lassen.

Sollte er anrufen oder vorbeifahren? Er hasste den telefonischen Kontakt. Besser war der persönliche Gedankenaustausch. Von Angesicht zu Angesicht. Da fielen einem sicher auch Fragen ein, die man bei einem kurzen Anruf vergessen hätte. Doch Konstanze machte ihm einen Strich durch seine Überlegungen.

»Ist das nicht eigenartig?«, meinte sie und sah Felber zweifelnd an. »Auch Frau Fiesler schien sich nicht erinnern zu können, wie ihr Mann angezogen war, als er verschwand. Solche einschneidenden Verluste sollte man doch in allen Details im Gedächtnis behalten, glaube ich.«

Schweigend sahen die drei sich an, dann begann Felber zu lächeln.

»Die Vermisstenanzeigen!«, rief er. »Da sollte es doch genau angegeben sein, die Erinnerung noch frisch und daher glaubhafter als nach zehn, fünfzehn Jahren. Habt ihr das nicht gecheckt?«

»Schon«, maulte Weiner, »wir wollten halt sichergehen, ob sich dabei Ungereimtheiten ergeben.«

»Ungereimtheiten!«, brauste Felber auf. »Jetzt seht ihr, was ihr davon hattet. Es ist doch klar, dass man sich beim ersten Aufwallen der Gefühle, bei der Sorge, einen geliebten Menschen vielleicht nie wiederzusehen, genau erinnert, was dieser angehabt hat.« Seine Finger trommelten ein Stakkato auf die

Tischplatte. »Höchstens, man hat diesen Menschen eigenhändig umgebracht und macht zur Verwirrung falsche Angaben. Was ich in diesen Fällen eigentlich nicht glaube.«

»Dann waren unsere Vernehmungen eigentlich unnötig, mein Bär«, stellte Konstanze fest, und ihre grünen Augen fixierten ihn, als ob sie ihn durchbohren wollte.

Felber merkte, dass er wieder einmal zu weit gegangen war, so wie oft, wenn etwas nicht nach seinen Vorstellungen lief.

»Nun, ganz so ist es nicht«, meinte er besänftigend, »denn zum Beispiel bei mir hat sich herausgestellt, dass ein Mann wieder auftauchte, ohne dass die Exekutive etwas mitbekam. Das hätte bei euch ebenso geschehen können.«

»Hat es aber nicht«, stellte Weiner flapsig fest und blickte demonstrativ auf seine Uhr. »Für heute verabschiede ich mich, hab Besseres zu tun, und die Toten laufen uns ja nicht weg.«

Felber war verblüfft. So ein Spruch hätte besser zu Doktor Kudlich gepasst. So kannte er seinen Freund nicht. Hatte es etwas mit seiner Schreiberei zu tun? Gab es wieder einmal eine Lesung, und er wollte ihnen damit nicht in den Ohren liegen, weil sie ohnehin immer mit schwachen Ausflüchten absagten? Fragend blickte er zu Konstanze, doch die schien sich auch keinen Reim darüber machen zu können.

»Ah, ehe ich es vergesse«, Weiner drehte sich an der Türe noch einmal um, »der richterliche Beschluss zur Durchsuchung der Wohnung und des Büros von dem Doktor … na ja, ihr wisst schon, der ist gekommen. Das heißt, morgen können wir endlich wieder Gas geben, Tschüss!«

*

Kaum war Alfred verschwunden, verfiel Felber ins Grübeln. Er dachte aber nicht an seinen Freund Alfred, an seine von

Tag zu Tag, manchmal von Stunde zu Stunde wechselnden Launen. Viel mehr beschäftigten ihn die beiden Toten, die sie in dem Haus gefunden hatten.

Zurückgelehnt in seinem Sessel, starrte er an die Zimmerdecke. Er bekam nicht mit, dass Konstanze das Büro verließ, er hörte sie nicht mit zwei Bechern Kaffee wiederkommen, sah nicht, dass sie einen direkt vor ihm platzierte, roch nicht den Duft dieses sowohl den Körper als auch den Geist belebenden Getränks.

In welchem Zusammenhang standen die Leichen? Welche Gemeinsamkeiten gab es? Wieso wurde einer vor zehn Jahren und der andere vor zehn Wochen ermordet? Ein mathematiksüchtiger Serienmörder? Dann fehlte ihnen jedoch der vor zehn Monaten Getötete und der vor zehn Tagen.

Unsinn!

Vielleicht eine kriminelle Vereinigung ähnlich den Mafiaclans? Die brachten ihre Mitglieder um, denen man auf die Schliche kam, für die eigene Tasche zu arbeiten, die Verrat planten oder selbst der Chef, der Capo, werden wollten.

Doch wie passte da der Rechtsanwalt dazu? Felber wusste, dass die Mafia sich die besten Advokaten hielt, doch da passte der tote Doktor Meier nicht ins Bild. Dazu hielten sich die Verbrechensraten in Mödling seit vielen Jahren in Grenzen. Keine Häufung von Erpressung an Geschäftsleuten, an Rauschgifthandel, auch bei der Baubranche war innerhalb von Mödlings eng gesteckte Grenzen nichts zu holen.

Diese Möglichkeit konnte er ebenso abhaken.

Vielleicht eine Frau, die ihres Partners überdrüssig geworden war, ihn über die Klinge springen ließ und an einem Ort ablegte, wo man ihn kaum finden konnte? Sich einen anderen Mann nahm, und als der nicht mehr gefiel, die Prozedur wiederholte?

Oder zwei Frauen, die in einem gewissen zeitlichen Abstand auf dieselbe Idee kamen? Aber wieso dann der gleiche Auffindungsort? Waren sie bekannt, verwandt, hatten sie dieselben Krimis gelesen?

Felber fielen die Augen zu.

*

Am nächsten Morgen erwartete ein munterer Alfred sie, als sie in die Inspektion kamen. Er konnte nicht still sitzen, seine Füße wippten, und seine Arme waren ständig in Bewegung. Es erinnerte Felber an die Zeit, als Alfred als frischer Polizist zu ihnen auf den Posten gekommen war. Damals glaubte er noch, dass es Aufregung und Nervosität waren, vor dem, was nun auf ihn zukam. Doch diese Zappelei legte sich nie, was Felber oft in eine Stimmung brachte, in der seine Nerven ebenfalls zu zappeln begannen. Erst in der letzten Zeit bekam Felber den Eindruck, dass diese Überaktivität sich reduziert hatte, was ihn mit Erleichterung erfüllte. Und jetzt ging es wieder los. Felber rollte die Augen himmelwärts und stieß einen Seufzer aus. Wurde der Mann nie erwachsen?

»Habt ihr schon gefrühstückt? Wollt ihr noch einen Kaffee?«, rief Weiner und hielt seine Arme für einen Augenblick still.

»Wir haben schon«, sagte Konstanze.

»Im Moment keinen Kaffee«, meinte Felber. Er wusste ja nicht, wie lange Alfreds Hände im Ruhezustand bleiben würden, und mit heißem Kaffee angeschüttet zu werden, lag auf seiner Präferenzliste nicht an oberster Stelle. Aber das auszusprechen, vermied er.

»Gut!«, rief Alfred. »Dann können wir uns ja den Mühen des Alltages hingeben und den Rechtsanwalt besuchen …

ich meine natürlich den toten Rechtsanwalt beziehungsweise sein Büro und Wohnung«, setzte er nach, als er Felbers verwunderten Blick bemerkte.

Felber nickte erleichtert.

*

Die Wohnung des Doktor Friedrich Meier war nüchtern und lieblos eingerichtet. Kahle Wände, ein einfaches, billiges Bett, ein altersschwacher, abgestoßener Kasten, im Wohnzimmer eine fleckige, zerfranste Sitzgarnitur und ein Röhrenfernsehgerät, von dem Weiner spöttisch behauptete, dass es maximal Schwarz-Weiß sende. In der Küche stand ein Kühlschrank, der auch schon bessere Zeiten gesehen hatte, und ein vor Fett und Schmutz starrender Gasherd. Ein wackeliger Tisch und zwei Sessel vervollständigten die Einrichtung.

»Der Mann schien auch nicht gerade mit Reichtum gesegnet zu sein«, meinte Konstanze zu Felber und schüttelte sich.

Sie hörten einen überraschten Aufschrei. Weiner hatte im Flur neugierig alle Türen geöffnet.

»Das müsst ihr euch ansehen!«

Sie liefen in den Gang. Felber hatte die Vision einer weiteren Leiche, vielleicht in der Besenkammer.

Weiner stand bei einer geöffneten Türe und schwenkte wie ein Hausherr, der seine Gäste nobel begrüßt, seine Hand.

»Tretet ein.«

Es war ein ziemlich geräumiges WC. Felber sog überrascht die Luft ein und schloss kurz die Augen, geblendet von dem Glanz, der in diesem Raum herrschte.

Die Wände waren von spiegelnden silberfarbigen Fliesen bedeckt, das weiße Handwaschbecken mit schweren verchromten Armaturen versehen, und die Kloschüssel war das

Futuristischste, was er je gesehen hatte. So etwas war ihm noch nie untergekommen, nicht einmal in Prospekten oder Zeitschriften der High Society, die vorschrieben, was gerade »in« sei.

Mit Wasser wurde einem das Hinterteil gewaschen, mit Luft getrocknet. Zusätzlich gab es noch verschiedene Knöpfe, von denen Felber gar nicht wissen wollte, wozu sie dienten.

Ein in die Fliesen eingelassenes Radio und ein kleiner Bildschirm vervollständigten das Inventar. In einer Nische lag die anscheinend dazugehörende Fernbedienung und einige Hochglanzprospekte über ebensolche Toiletten und Badezimmer.

Weiner lachte. »Da kann man im wahrsten Sinn des Wortes sagen, er hat sein ganzes Geld ins Klo gesteckt.«

Felber schmunzelte ebenfalls. »Anscheinend hat er hier seinen Aufenthaltsraum gebaut. Vielleicht litt er an Hämorrhoiden?«

»Bitte, Günter!« Konstanze sah ihn vorwurfsvoll an.

»Entschuldige. Aber irgendeinen Fimmel muss der Mann ja gehabt haben. Schauen wir einmal ins Badezimmer. Ob das auch so wild ausschaut?«

Es war auch wild. Als sie sich in den Raum drängten, glaubten sie, auf einer Baustelle zu sein. Abgeschlagener Putz türmte sich in allen Ecken, der Estrich war teilweise aufgebrochen, dazwischen türmten sich unzählige Schachteln, die Fliesen oder Drähte enthielten. In der alten Badewanne und im Waschbecken lagen Staub und Schmutz.

Weiner konnte nicht an sich halten. »Wenn man sich hier die Hände wäscht, kommt man dreckiger heraus, als man vorher war.«

Zustimmend nickte Felber und sah sich schweigend in dem Raum um. Was war dieser Rechtsanwalt für ein Mensch gewesen? Drüben das modernste WC und da eine Baustelle und Rumpelkammer! Hatte er alles selbst gemacht? Felber verstand es nicht. Diese Anwälte hatten doch im normalen Fall genug Geld. Dann fiel ihm ein, dass Bertl Sieber von einem winzigen Büro gesprochen hatte. Irgendwie passte das nicht zusammen, überlegte er.

»Gehen wir«, sagte er schließlich. »Geheime Akten hat er hier sicher nicht versteckt.«

Sie teilten sich auf, um die Räume systematisch zu durchsuchen. Felber begab sich ins Schlafzimmer, Weiner nahm das Wohnzimmer, und Konstanze übernahm die Küche.

»Soll das eine Anspielung sein?«, murmelte sie, aber niemand hörte ihr zu.

Die Ausbeute war für den Aufwand, den sie trieben, reichlich mager. Felber stöberte im Nachtkästchen ein Foto auf, das den Toten breit grinsend in den Armen einer Frau zeigte, doch von dieser sah man aber nur halblanges dunkles Haar, durchzogen von einigen grauen Strähnen.

Ansonsten enthielt die Lade eine Schachtel Kopfschmerztabletten, deren Ablaufdatum schon einige Jahre her war, und dann, zur Überraschung von Felber, unter einem leeren Briefumschlag einige Päckchen Kondome.

»Sieh an«, murmelte er, »der Mann scheint noch ziemlich aktiv gewesen zu sein.«

Weiners Ausbeute war noch karger.

Einige TV-Programme, gut ein halbes Jahr alt und die gesamte Bibliothek des Mannes, bestehend aus einer alten Ausgabe des »Lederstrumpf« und eines schmuddeligen, zerlesenen Romans »Die Flusspiraten des Mississippi« mit vielen losen Seiten, wie Weiner bemerkte, als er die Bücher schüttelte, um versteckte Unterlagen zu entdecken. Vervollständigt wurde dieses literarische Vermächtnis durch den neuen Band eines Richters, der darin Anekdoten aus dem Gerichtssaal schilderte.

»Fernsehen dürfte in der letzten Zeit nicht zu seinen Favoriten gezählt haben«, meinte Weiner. »Was hat er stattdessen gemacht? Im Bad nach Gold gegraben?«

»Vielleicht eine Frau?«, schmunzelte Felber. »Das würde passen. Lass mich nicht vergessen«, fiel ihm plötzlich ein, »wir müssen auch in den Postkasten schauen.«

Aus der Küche hörten sie einen Schrei. Hat wenigstens Konstanze etwas entdeckt, dachte Felber, während er und Weiner hinstürzten.

»Was gefunden?«, rief er und sah Konstanze mit angeekeltem Blick vor einem geöffneten Küchenschrank stehen.

»Ja, Motten! Jede Menge!« Sie schüttelte sich. »Wie ich diese Viecher hasse. Als ich den Schrank öffnete und zu suchen begann, sind sie mir direkt ins Gesicht geflogen, als ob sie mich fressen wollten.«

Tatsächlich waren Wände und Decke getupft mit diesen kleinen braunen, geflügelten Wesen.

»Na ja, jetzt dürften alle in Freiheit sein«, meinte Weiner, immun gegen ihr schreckliches Erlebnis, »dann kannst du ja weitersuchen.«

Als er Konstanzes Blick bemerkte, setzte er schnell nach: »Wir helfen dir natürlich, gell, Günter?«

Der hatte sich jedoch schon hingehockt und holte einige Säckchen und Körbe hervor. Mit spitzen Fingern fasste Konstanze diese und stellte sie auf die Ablagefläche.

Ein Sack Mehl, die Haltbarkeit vor vielen Jahren abgelaufen, verschiedene Müsliflocken, wahrscheinlich ebenso lange im Kasten stehend, und zwei Körbe mit Nüssen. Auf diesen krochen dicke Maden herum, aber auch in den Säcken herrschte ein Gewirr von allerhand Getier.

»Ein begeisterter Koch dürfte er nicht gewesen sein«, stellte Weiner fest.

»Brrr!« Konstanze schüttelte es wieder. »Alfred, bitte, entsorge das, jetzt gleich, damit hilfst du mir am meisten.«

Weiner zierte sich. »Warum ich? Kann das nicht Günter machen?«

»Jetzt geh schon«, rief dieser, es klang dumpf, denn sein Kopf steckte tief im Kasten. »Da liegt sicher irgendwo ein Plastiksackerl, gib alles hinein und ab damit in den Mistkübel. Aber bitte nicht in die Biotonne.«

»Du stellst Ansprüche!«, brummte Weiner, tat aber folgsam, was man von ihm verlangte.

»Also, da drinnen ist nichts.« Stöhnend drückte Felber sein Rückgrat durch. »Eine Hausdurchsuchung ist nichts mehr für einen alten Mann.«

»Armer Bär! Dafür werde ich dich am Abend massieren.«

»Wirklich? Mit allem Drum und Dran?« Felbers Augen blitzten genussvoll auf.

»Natürlich! Wenn du nicht ausschließlich am Drum und Dran interessiert bist.«

»Wo denkst du hin? Es sticht wirklich ganz schlimm. Welche Kasteln müssen wir noch durchsuchen?«

Konstanze deutete auf vier Türen, die sich unter Abwasch und Arbeitsfläche befanden.

»Na dann, gehen wir's an.« Stöhnend ließ er sich auf die Knie nieder.

Sie fanden nur Töpfe, Pfannen, Geschirrspül- und sonstige Putzmittel. Sogar den Mistkübel durchsuchte Felber mit angewidertem Blick, doch zu seinem Glück war dieser fast leer.

»Der Herr Rechtsanwalt muss alle seine geheimen Papiere also im Büro deponiert haben«, sagte Felber zu Weiner, der eben mit müdem Schritt wieder die Wohnung betreten hatte.

»Das nehmen wir uns morgen vor. Für heute hab ich genug. Gehen wir.«

Als sie das Treppenhaus hinuntergingen, machte ein dunkles Gefühl sich in Felber bemerkbar. Irgendetwas hatten sie übersehen. Doch so sehr er auch überlegte, er kam nicht drauf. Nachdenklich trat er auf die Straße hinaus.

Kapitel 12

Felber lag bäuchlings im Bett, das Gesicht in der Matratze vergraben.

»Ich möchte etwas ausprobieren, mein Bär«, sagte Konstanze mit süßer Stimme. »Ich weiß nicht mehr, war es chinesisch oder indisch … nein, es war eine thailändische Massage. Dabei stellt die Frau sich mit nackten Füßen auf den Patienten und massiert mit sanften Schritten seinen Rücken.«

»Nur die Füße sind nackt?«, nuschelte er. »Ob das den Heilungsprozess beschleunigt?«

»Du bist schon ein geiler Bär, weißt du das?«, lachte Konstanze.

Felber brummte, was man als Zustimmung deuten konnte. Dann drehte er den Kopf zur Seite. »Ob das eine gute Idee ist? Diese Chinesinnen oder Thailänderinnen sind doch klein und zierlich, leicht wie eine Feder, die können …«

Konstanze gab ihm einen Klaps auf sein nacktes Hinterteil.

»Willst du damit sagen, dass ich dick bin?«

»Um Himmels willen, nein! Du bist, so, wie du bist, vollkommen. Aber als gestandene Österreicherin überragst du diese Frauen doch um mindestens drei Köpfe, was natürlich Auswirkungen auf das Gewicht hat.«

Er drehte sich auf den Rücken. »Wir sollten vielleicht eine andere Form der Massage wählen.«

*

Das Büro war wirklich sehr klein, so, wie Sieber gesagt hatte. Mit drei Personen, Felber, Weiner und Konstanze, konnte man es fast als überfüllt bezeichnen.

»Dann sind wir wenigstens schneller fertig«, meinte Weiner in seiner praktischen Art.

Sehr viel Arbeit, und das fanden sie in kurzer Zeit heraus, dürfte der Rechtsanwalt nicht gehabt haben.

Einige dünne Ordner befassten sich mit Einsprüchen, weil die Klienten aus irgendwelchen Gründen nicht ihr Strafmandat zahlen wollten, einige mit Nachbarschaftsstreitigkeiten, verteilt über eine Anzahl von Jahren, doch den meisten Platz im Aktenschrank, wenn man vier Bretter in einer Nische so bezeichnen wollte, nahmen Ordner über das Haus ein, in dem sie den Toten gefunden hatten. Eigenartig, fand Felber. Praktisch gab es kaum andere Fälle, dafür fünf Ordner über die alte Bruchbude. Wovon hatte der Mann gelebt? Er konnte sich nicht vorstellen, dass die rechtliche Betreuung eines unbewohnten Hauses genügend abwarf.

Als Besitzerin war eine Leopoldine Herzl angeführt. Dieser Name sagte ihnen gar nichts.

Nachdem Felbers klobige Schuhe mit Weiners Zehen Kontakt aufgenommen hatten und dieser darauf mit Konstanzes Hinterteil kollidiert war, übernahm Felber das Kommando.

»So geht das nicht«, befahl er. »Alfred, hast du den Autoschlüssel? Wir bilden eine Kette und schaffen das ganze Klumpert zu uns ins Büro. Hier kann man ja nicht arbeiten. Und atme dabei nicht zu viel, sonst geht uns herinnen noch die Luft aus.«

»Du hast heute deinen witzigen Tag, oder steigt dir schon das Kohlendioxyd ins Hirn?«

»Bitte etwas mehr Respekt gegenüber einer Amtsperson«, lachte Felber.

»Sonst noch was?«, knurrte Alfred und ging, beladen mit der ersten Fuhre an Ordnern, hinaus.

*

Obwohl Felber das Aktenstudium liebte, beschäftigte ihn ein anderer Gedanke, als sie die Stapel Ordner in ihr Büro schafften. Mit einem Mal machte sein Schulfreund Hubert Sieber sich in ihm breit und ließ sich nicht mehr verdrängen. Als Nachbar des »Gruselhauses«, so betitelten es zumindest einige Zeitungen, sollte er doch mehr wissen, als er ihnen bereits erzählt hatte. Er musste noch einmal mit ihm reden, ihm sozusagen die Daumenschrauben ansetzen, ihn ausquetschen, seine Verhörtechniken einsetzen, um mehr über die Hausbesitzerin, diese Frau Leopoldine Herzl, zu erfahren, und das so rasch als möglich.

Er klappte den Ordner zu, den er sich als Ersten vorgenommen hatte.

»Ich muss weg«, sagte er und schluckte, als er die empörten Gesichter der Kollegen sah. »Tut mir leid, aber ich glaube, es ist unheimlich wichtig. Ich muss noch einmal mit dem Bertl Sieber wegen der Frau Herzl reden. Ich komm so schnell als möglich zurück.«

»Gieß dir nicht zu viel Veltliner hinter die Binde«, versuchte Weiner sich als Scherzbold, und Konstanzes Augen starrten ihn unergründlich an.

»Bis gleich!«

Das schlechte Gewissen nagte an ihm, aber was half es, er glaubte, das Richtige zu tun, und hoffte, dass diese Missstimmung sich schnell legen würde. Dazu musste er nur mit einer

Erfolgsmeldung zurückkommen.

An der Türe drehte er sich noch einmal um, da ihm blitzartig etwas einfiel.

»Alfred, mach dich bitte schlau über diese Frau Herzl, wo sie wohnt und so weiter, du weißt schon.«

Das spöttische »Jawohl, Chef! Sonst noch was?« hörte er nicht mehr.

*

»Ich möchte Herrn Sieber sprechen.«

Felber war schnellen Schrittes in den Hof des Heurigen gestürzt. Ein Buschen hing nicht mehr über dem Tor, also war nicht mehr ausgesteckt. Er hatte eine Frau, die sich, auf Krücken gestützt, über den Hof mühte, angesprochen.

Das fein geschnittene, hübsche Gesicht drehte sich ihm zu, die langen blonden Haare wehte eine Windböe über Mund und Augen.

»Er ist nicht da. Hat er was verbrochen?« Die Stimme klang hart, und doch schwang etwas mit, das Felber nicht einzuordnen wusste.

»Entschuldigung. Nein, nichts dergleichen«, versicherte er und stellte sich vor.

Langsam neben ihr hergehend, erzählte er von dem beinahe unwahrscheinlichen Zufall, wie sie sich, nachdem sie in der Kindheit gemeinsam die Schule besucht hatten, wiedergetroffen hatten.

»So spielt manchmal das Leben«, murmelte sie. »Und was wollen Sie heute hier?«

»Ach, ich hätte nur einige Fragen an ihn wegen des Nachbarhauses. Sie haben ja sicher auch von diesem aufsehenerregenden Mord gehört.«

»Daran ist sicher diese Frau beteiligt.« Es klang kalt und bitter, und Felber sah sie fragend an.

»Kommen Sie mit, gehen wir ins Haus. Ich kann nicht so lange stehen.«

»Kann ich Ihnen helfen? Hatten Sie einen Unfall?«

Die Frau lachte verbittert auf. »Wenn es nur das wäre. Das ginge ja bald vorüber. Nein, ich habe Muskelschwund, werde bald ganz im Rollstuhl sitzen und mich in nicht so ferner Zukunft um ein Holzbett, also einen Sarg, kümmern müssen.«Felber war erschüttert, mit einer hilflosen Geste versuchte er, etwas zu sagen, fand aber kein der Situation angepasstes Wort, so schwieg er lieber.

Als sie vor den drei Stufen zur Hauseingangstüre standen, wollte er unterstützend eingreifen, aber mit einer unwirschen Geste wies sie ihn ab.

»Noch schaffe ich das alleine!«

Felber schwieg weiter.

»Sie brauchen auch nicht ein so bestürztes Gesicht machen.« Ihr Lachen war hell, und doch meinte er, Verzweiflung herauszuhören. »Man gewöhnt sich an so vieles, Herr Inspektor.« Nach einer kurzen Pause lachte sie nochmals auf. »Entschuldigung, hab ganz darauf vergessen. Ich bin Huberts Ehefrau. Na, kommen Sie schon.«

Ein modernes, großzügiges Wohnzimmer tat sich vor ihm auf, nachdem sie das kleine Vorzimmer bewältigt hatten. Der Boden war mit hellem Parkett ausgelegt, Teppiche sah er keine, dafür eine bequeme Sitzgarnitur aus schwarzem Leder, davor ein schmaler Glastisch, und an der gegenüberliegenden Wand hing ein riesiger Flachbildschirm. Einige Bilder, meist in Schwarz-Weiß gehalten, vervollständigten die Einrichtung.

»Wollen Sie was trinken?«

Felber schüttelte den Kopf. Er konnte der armen Frau doch nicht zusätzliche Arbeit aufbürden.

»Also, ich brauch jetzt einen Kaffee.«

Kaffee – in ihm machte sich Verlangen breit. Wie lange war es jetzt her, dass er den letzten getrunken hatte? Eine Stunde oder zwei? In seinem Mund sammelte sich Speichel, und er glaubte, bereits Bohnen zu riechen.

»Wenn's Ihnen nichts ausmacht – einen Kaffee würde ich gerne nehmen.«

»Kein Problem«, und diesmal war ihr Lachen leicht, beinahe kokett. »Mitzi!«, rief sie, und eine ältere Frau, die grauen Haare zu einem Knoten geformt und eine geblümte Schürze umgebunden, kam aus einer Nische hervor, die Felber bis jetzt nicht bemerkt hatte.

»Nun, was wollten Sie wissen? Vielleicht kann ich Ihnen helfen?«, fragte Frau Sieber, nachdem sie sich mühsam niedergelassen und die Krücken achtlos auf den Boden geworfen hatte.

»Mich interessieren vor allem das Nachbarhaus und dessen Besitzerin.« Felber räusperte sich. Er hatte mit einem Mal einen trockenen Mund, als ob er am Verdursten wäre. »Wir kennen zwar ihren Namen, aber sonst ist diese Frau für uns wie ein weißes Blatt Papier. Wir wissen nichts. Jetzt wollte ich eben fragen, ob Bertl …«, er stockte für einen Augenblick, »… oder Sie uns weiterhelfen können. Irgendwann müssen Sie die Frau doch gesehen haben.«

»Und ob ich diese Schlampe kenne.« Sie lachte wieder verbittert auf. »Hubert wird es aber abstreiten.«

Schweigen breitete sich aus. Jeder schien eigenen Gedanken nachzuhängen.

»Als ich krank wurde«, fing die Frau endlich stockend an, »war ich naturgemäß nicht mehr so belastbar. Wahrscheinlich auch verdrossen und enttäuscht. Man fragt sich natürlich, warum einem selbst ausgerechnet so etwas geschieht. Jedenfalls begann sich Hubert langsam anders zu orientieren. Zuerst merkte ich es nicht. Doch als er dann immer länger, immer öfter fortblieb, immer aberwitzigere Ausreden fand, wurde ich misstrauisch und spionierte ihm nach.« Sie kicherte verschämt. »Ich hab sogar einen Privatdetektiv engagiert, kurz nur, der die beiden ein paarmal fotografierte. Ich gab es dann auf, denn meine Krankheit … Hubert hat nun einmal einen starken Sexualtrieb, und den konnte ich ihm nicht mehr erfüllen.« Sie lachte schrill auf. »Es war schon eine Qual, als ich noch gesund war.«

Felber wusste, dass seine Frage jetzt nicht angemessen war, aber er konnte nicht anders und platzte heraus: »Die Fotos – kann ich die haben?«

Die Frau schüttelte den Kopf. »Leider! Die sind verschwunden. Ich weiß aber nicht, ob ich sie in einem Wutanfall zerrissen habe, oder …«

»Wir wollen keine Verdächtigungen aussprechen«, meinte Felber besänftigend.

Die Frau nickte. »Sie haben recht. Sagen Sie … dürfen Sie mir den Namen der Frau verraten?«

»Leopoldine Herzl.« Felber hustete. Er hoffte, damit kein Wespennest angestochen zu haben.

»Herzl, Leopoldine?« Die Frau lachte schallend. »Sie veralbern mich. Das kann der Name der Frau nicht sein. Passt so überhaupt nicht zu ihr.«

»Warum? Die Frau kann ja nichts dafür. Namen vergeben schließlich die Eltern.«

»Nein, Sie müssen sich irren.« Es klang bestimmt.

»Wie heißt sie dann?«

»Ich habe nicht den Funken einer Ahnung. Aber bestimmt

nicht Leopoldine. Das ist lächerlich.«

»Na gut, lassen wir das einmal«, seufzte Felber. »Etwas anderes, haben Sie die Frau jemals gesehen?«

»Auf den Fotos viele Male, das können Sie mir glauben. Ich bilde mir ein, ihr sogar in natura begegnet zu sein, vor langer Zeit. Sie kam an unserem Haus vorbei, ging zu ihrem. Ich denke, da hat sie das erste Mal ihr Auge auf Hubert geworfen. Der war gerade ebenfalls im Hof und …« Sie stockte, und ihre Zähne nagten nachdenklich an der Oberlippe. »… jetzt erinnere ich mich wieder. Hubert ging damals wegen irgendetwas auf die Straße und kam lange Zeit nicht wieder. Vielleicht war das der Beginn einer tiefen Freundschaft.« Wieder lachte sie. »Na ja, es sei ihm gegönnt. Wer weiß, wie lange ich noch lebe.«

Felber zerbarst beinahe vor Mitleid. Gleichzeitig war er wütend auf seinen Schulfreund. Aber was konnte er schon tun? Außerdem – die Arbeit ging vor. Die Tragödien musste man an sich abprallen lassen, sonst bekam man Magengeschwüre und lag selbst darnieder.

»Glauben Sie, dass Sie diese Frau beschreiben können?« Seine Stimme hatte einen kratzenden Klang.

»Liebend gerne«, sagte sie lebhaft und fing gleich mit dem Aufzählen an: »Also, sie ist gut aussehend, vielleicht ein wenig älter als ich, denn in ihren Haaren sieht man einige graue Strähnen, ach ja, dunkles längeres Haar, ein schmales durchaus interessantes Gesicht und blaue Augen, ungefähr meine Größe und schlank. Kleidung ist für Sie ja uninteressant. Bei einer Frau wechselt die ja ständig, nicht?«

Bei ihrer Schilderung tauchte bei Felber sofort ein Gesicht auf, die ominöse Freundin des Rechtsanwalts, von der alten, neugierigen Frau in Meiers Wohnhaus beschrieben. In seinem Hinterkopf drängte sich ein weiteres Bild auf, von einer

Frau, die er woanders gesehen hatte. Aber so sehr er sich auch anstrengte, er kam nicht drauf, wo das gewesen war.

»Ich danke Ihnen, damit kann ich bestimmt etwas anfangen«, seufzte er und erhob sich. »Aber jetzt muss ich weiter. Danke für den Kaffee, er war ausgezeichnet.«

Kapitel 13

»Na, was hast du aus deinem Freund herausgequetscht?« Damit empfing man ihn, als er ins Büro zurückkehrte.

»Ich quetsche nicht, ich ermittle.« Felber wollte klare Fronten, obwohl er sich, so meinte er, nichts vorzuwerfen hatte. Die Stimmung im Büro war erwartungsvoll, aber andererseits überheblich, als ob Weiner und Konstanze auf Sensationen gestoßen wären, die sie ihm nun unter die Nase reiben wollten, weil er mit kaum Wichtigem zurückgekehrt war.

Doch da musste er sie enttäuschen, fand er.

»Also, was hat dieser Bertl dir erzählt? War es weltbewegend?«, sprach Weiner mit stolzgeschwellter Brust.

»Der Bertl war leider nicht da«, antwortete Felber mit betrübter Miene, um ihnen kurz eine Freude zu machen.

»Ha!«, schrie Weiner und schlug mit der Hand auf den Tisch. »Wir wussten es ja. Du hast nur leere Kilometer gemacht.«

»Hör auf, Gruppeninspektor. Auf den Tisch schlagen ist immer noch mein Vorrecht. Und wer sagt, dass ich nichts erreicht habe? Aus dir spricht die Eifersucht, Alfred.«

»Mein lieber Bär«, mischte Konstanze sich ein, »das hat nichts mit Eifersucht zu tun, es ist eher das Negieren der Arbeit. Während vor unseren Augen Ziffern und Buchstaben verschwimmen, fährst du spazieren. Das wollte Alfred zum Ausdruck bringen.«

»Jetzt holt beide einmal tief Luft.« Der Grant war aus Felbers Tonfall herauszuhören. »Ich fahre nicht spazieren, um mich vor wichtiger Ermittlungsarbeit zu drücken, das könnt ihr mir glauben. Obwohl der Bertl nicht da war, oder vielleicht gerade deswegen, hab ich ziemlich Interessantes mitgebracht. Seine Frau war nämlich da, und die wusste einiges, das könnt ihr mir glauben.«

Jetzt wurden Weiner und Konstanze neugierig.

»Was hat sie erzählt?« Erwartungsvoll sahen sie ihn an.

»Der Bertl hat ein Verhältnis mit Leopoldine Herzl.«

Felber erwartete erstaunte und entzückte Rufe, stattdessen begann Weiner zu lachen.

»Ist dein Bertl ein Mumienfetischist?«

»Er ist nicht mein Bertl. Und was heißt Mumie? Dieses Weib sah laut Frau Sieber nicht im Entferntesten einer Mumie ähnlich.« Felber war ärgerlich. Was trieben die zwei für Scherze, nur weil er ihnen nicht beim Aktenstudium geholfen hatte?

»Nun ja, Frau Leopoldine Herzls Geburtsjahr ist eintausendneunhundertzwölf. Das heißt, sie wäre jetzt einhundertvier Jahre alt. Da kann man schon von einer Mumie sprechen, findest du nicht?«

»Vielleicht hat sie sich gut gehalten, Alfred.« Konstanze hatte auch ihren Spaß.

»Echt?« Felber war schockiert. »Habt ihr euch nicht geirrt?«

»Nein! Und das Beste, Günter«, Weiner schwenkte einen Zettel vor seiner Nase, »hier habe ich die Sterbeurkunde der Frau Herzl. Sie ist vor elf Jahren gestorben. Ich glaube, deine Frau Sieber hat dich ganz schön angelogen.«

»Das kann ich nicht glauben. Ich habe bei ihr den Eindruck absoluter Ehrlichkeit gehabt. Außerdem, die Frau ist todkrank, hat nur mehr kurze Zeit zu leben, warum sollte sie also lügen?«

»Vielleicht hat sie auch diesbezüglich dir ein Theater vorgespielt?«

»Nein, nein, das hätte ich gemerkt.«

»Die Frage ist doch eigentlich«, mischte Konstanze sich ein, »wer ist dann diese geheimnisvolle Frau, die angebliche Hausbesitzerin?«

»Gut mitgedacht, mein Hase«, rief Felber. »Genau da müssen wir ansetzen.«

»Aber wie?«

»Wir werden darüber schlafen. Vielleicht erscheint uns die Lösung ja im Traum.«

Allgemeines Nicken und hektisches Zusammenräumen begann, auch Erleichterung zeichnete sich auf den Gesichtern ab, obwohl eigentlich niemand an diesen Schwachsinn glaubte.

*

»Na, ist euch jemand im Traum erschienen, oder habt ihr einen Albtraum gehabt?«, fragte Weiner, als sie am nächsten Morgen an ihren Tischen saßen, jeder einen dampfenden Kaffeebecher vor sich.

Allgemeines Kopfschütteln setzte ein, doch das stimmte nicht. Obwohl er es nie zugeben würde, hatte Felber einen solchen gehabt, der ihn verschwitzt aufschrecken ließ. Der aber nichts mit ihrem jetzigen Mord oder den Morden zu tun hatte.

Allein unterwegs auf einem Waldspaziergang sprang plötzlich eine Gestalt hinter einem Baum hervor, das Gesicht hinter einem Tuch versteckt, trotzdem glaubte er, an den Augen Konstanze zu erkennen. Pfeil und Bogen in ihrer Hand sahen sehr bedrohlich aus.

»Heiratest du mich jetzt?«, rief sie, und als er starr vor Überraschung und Schrecken kein Wort herausbrachte, spannte sie die Sehne.

Er hatte Glück, dass er an dieser Stelle erwachte, wer weiß, was sonst alles geschehen wäre.

Einschlafen konnte er nachher nicht mehr richtig, er dämmerte dahin, wälzte sich von einer Seite auf die andere und sagte sich immer wieder, dass er bald eine Entscheidung treffen musste. Doch nicht gleich, nicht sofort, schließlich gab es da noch den schwimmenden Toten und das Gerippe.

Warum konnte denn niemand ihm diese Entscheidung abnehmen? Er wälzte sich wieder auf die rechte Seite, und da traf ihn blitzartig die Erkenntnis, dass ein bestimmter Jemand diese mit dem Traum durch Hexerei oder was auch immer schon versuchte.

Gut! Damit war der Entschluss gefasst. Sobald Mörder oder Mörderin im Kittchen saß, machte er Konstanze den Antrag. Aber nicht vorher. Es musste alles in geregelten Bahnen laufen. Ein Heiratsantrag zwischen Mordermittlungen kam für ihn nicht infrage.

Er war hellwach, hörte auf, sich zu wälzen, und schwang sich aus dem Bett. Als Vorleistung ging er in die Küche und bereitete das Frühstück zu.

Und jetzt fragte Alfred Weiner ihn, ob er einen Traum gehabt hätte? Hörte er einen wissenden, einen hämischen Ton heraus?

»Nun, wir werden uns wohl an die alte Methode halten müssen«, sagte er und schüttelte so heftig den Kopf, dass der Kaffee, den er in der Hand hielt, beinahe aus dem Becher schwappte. »Ermitteln, fragen und wieder ermitteln.«

Weiner machte ein belämmertes Gesicht. »Das heißt wohl, ich darf wieder am Computer sitzen und alles Mögliche durchsuchen, während du draußen Abenteuer erlebst. Das ist so ungerecht.«

»Ha! Glaub mir, Alfred, ich würde liebend gerne diesen Part übernehmen, aber du kennst ja meine Affinität zu Computern. Schlussendlich ist dann mehr kaputt, als es Erkenntnisse bringt, und Paukerl reißt mir den Kopf ab, weil er einen neuen Blechtrottel anfordern muss. Du kennst ja seine Appelle wegen der Sparvorgaben.«

»Mach dich nicht schlechter, als du bist, Günter.«

»Du bist nun mal der Beste, der aus diesem Kastl alles herauskitzelt.«

Geschmeichelt lächelte Weiner und nickte bestätigend.

»Hast ja recht, Günter. Trotzdem, irgendwie ist es unfair.«

»Ich versprech dir, du kommst schon noch zu deinen Abenteuern. Und solche werden Konstanze und ich heute kaum erleben.«

Diese sah ihn fragend an. »Was hast du mit mir vor?«

Felber lachte. »Ich wüsste schon, was, aber dazu fehlt uns im Moment die Zeit. Ich möchte mit dir noch einmal zum Haus des Rechtsanwalts, zu der Zeugin, die angeblich diese mysteriöse Frau beschrieben hat. Vielleicht kannst du sie überreden, mit uns zu kommen, um ein Phantombild dieser Frau anzufertigen.«

»Also doch Abenteuer!«, rief Weiner. »Wenn auch vielleicht kein großes. Und was hast du für mich?«

»Ein ebensolches. Alfred, du machst dich an die halsbrecherische Durchsuchung des Grundbuches. Das haben wir bis jetzt vergessen. Da müsste doch der Name des neuen Besitzers nach Frau Herzl zu finden sein. Dann haben wir endlich einen Ansprechpartner oder gar einen Verdächtigen. Schließlich sollte der wissen, was in seinem Haus vorgeht. Ich weiß nicht, warum wir nicht daran gedacht haben, denjenigen schnellstens ausfindig zu machen.«

»Du hast recht. Das war blöd von uns. Hättest aber auch früher draufkommen können. Aber warte, den Kerl hab ich in null Komma nix.«

»Brauchst nicht hudeln, so schnell sind wir sicher nicht zurück.«

*

Er hatte nicht geglaubt, dass es so einfach war, die alte Dame zu überreden. Konstanze sprach mit ihr, er hielt sich im Hintergrund, hörte zu und fühlte wieder einmal Stolz in sich aufkommen. Mit einfachen Worten, gespickt mit technischen Ausdrücken, machte sie die alte Dame so neugierig, dass diese ihren Schal umband und in die Schuhe schlüpfte, ehe noch alles gesagt war.

»Das möchte ich erleben«, rief sie, »nur durch Reden ein Gesicht formen – ein Wunder der Technik, kommen Sie, ich kann es kaum erwarten.«

Nun, ganz so war es natürlich nicht, und Felber wusste von Kollegen, dass es ganz schön lähmend sein konnte, aus den verschiedensten Teilen ein Gesicht zu zaubern, das der gewünschten Person annähernd ähnlich war.

»Wunderbar, ich danke Ihnen«, schmunzelte er. »Dann fahren wir.«

Als sie im Auto saßen und die Polizeiinspektion ansteuerten, wendete er sich zu Konstanze: »Ich setze euch nur ab. Du kannst das eh viel besser als ich. Du weißt ja, Computer sind nichts für meine dicken Finger. Solltest du Hilfe brauchen, wende dich an Alfred. Ich möchte unbedingt noch zu Doktor Kudlich. Vielleicht weiß er ja schon Neues.«

*

Felber war in Richtung Spital unterwegs, als ihm etwas einfiel, das ihn zu einem abrupten Bremsmanöver veranlasste. Hinter ihm quietschte es, dann hupte es, und eine Frau überholte ihn mit ihrem protzigen Wagen. Beim Vorbeifahren tippte sie sich an die Stirn und rief etwas. Er war des Lippenlesens nicht mächtig, glaubte aber, das nicht gerade noble Wort »Arschloch!« zu verstehen.

Entschuldigend hob er die Hand, aber die feine Dame mit ihrem dicken Brummer war schon vorbei.

Es war eigentlich Unsinn, was soll ich bei Kudlich, ihn störe ich höchstens beim Schnapstrinken. Besser wäre es, dem Bertl einen Besuch abzustatten. Der hatte wirklich einigen Erklärungsbedarf. Obwohl es ihn nichts anging, ob, weshalb und welche Freundin Bertl hatte. Doch das war seiner Überlegung nach auch nicht ganz richtig, denn wenn diese Frau wirklich die Besitzerin des Nebenhauses war, in dem der Mord oder die Morde geschehen waren, dann ging ihn das sehr wohl etwas an. Dann musste Bertl ihm Rede und Antwort stehen, vor allem, wer diese Frau war. Die Liebschaft konnte ihm egal sein, aber Name und Adresse und vielleicht ein Foto dieser Frau musste er unbedingt haben.

Diesmal blickte Felber angestrengt in den Rückspiegel, drehte den Kopf nach allen Seiten, ehe er den Wagen wendete. Einmal »Arschloch!« hatte ihm genügt.

Hubert Sieber stand vor dem Tor seines Heurigen, als ob er auf Felber gewartet hätte.

»Gut, dass ich dich treffe«, sagte Felber, nachdem er das Auto in der Einfahrt abgestellt hatte. »Wir müssen noch einmal miteinander reden. Ich glaube, du hast mir noch nicht alles gesagt.«

»Ich würde gerne mit dir plaudern, Günter, aber ich hab überhaupt keine Zeit. Fährst du bitte dein Auto weg?«

»Das geht nicht, Bertl, erst musst du mir noch einiges …«

»Willst du behaupten, dass ich lüge?«, protestierte Bertl lautstark. »Ich hab dir alles gesagt, was ich weiß, mehr gibt es nicht. Und jetzt fahr weg, presto!«

»Keine Chance, mein Lieber, zuerst erzählst du mir, wer die Frau vom Nebenhaus ist, wie sie heißt und wo sie wohnt. Hast du vielleicht ein Foto von ihr?«

Bertl sah zu Boden und schüttelte den Kopf. Dann fasste er sich und schrie: »Was soll das? Ich hab dir schon gesagt, dass ich diese Frau nicht kenne, dabei bleibe ich.«

»Tss, tss, Bertl, da hab ich aber anderes gehört.«

»Was?« Bertl bekam einen roten Kopf. »Wer?«

Felber zuckte die Schultern. »Das kann ich dir nicht sagen.«

Schweigend blickten sie sich an. Dann stieß Sieber ein gezwungenes Lachen aus.

»Du hast mit meiner Frau gesprochen, stimmt's? Die Arme. Leider kommt zu ihrem Muskelschwund auch noch Gehirnschwund dazu, also Demenz. Sie fantasiert manchmal und stellt Dinge als wahr dar, die sie wahrscheinlich geträumt hat. Leider, man kann sie nicht mehr ernst nehmen.« Er sagte es mit so einem mitleiderregenden Blick, dass es Felber kalt über den Rücken rieselte.

»Um ehrlich zu sein, Bertl, ich glaube dir nicht.«

»Was? Hallo … ich bin's, dein Schulfreund … warum sollte ich dich anlügen?«

»Wenn ich das wüsste.« Felbers Stirn legte sich in Falten. Er war sicher, dass Bertl schauspielerte und unverschämt log, das hatte er in der Schule schon gemacht, wenn er etwas angestellt hatte. Immer war er der Brave gewesen.

Sollte er jetzt mit ihm streiten? Das brachte nichts, dabei kam nichts heraus, außer, dass der Blutdruck ihm in die Höhe stieg, sein Kopf rot wurde und er zu schreien begann.

Am besten, er beließ es fürs Erste dabei. Aber auskommen würde Bertl ihm nicht, das schwor er sich.

Warum war er nicht fähig, seine Autorität als Exekutivbeamter in die Waagschale zu werfen und dem Verhörten die Wahrheit herauszulocken? Nun gut, er hatte kein Verhör geführt, konnte er ja nicht, schließlich war Bertl keines Verbrechens beschuldigt. Trotzdem nahm er es hin, dass sein Freund ihn blauäugig anlog oder einiges verschwieg.

Es ärgerte ihn maßlos, so sehr, dass seine Hände zitterten, als er ins Auto einstieg.

Ins Büro wollte er nicht fahren, was sollte er dort tun? Zusehen, wie aus verschiedenen Puzzleteilchen ein Gesicht geformt wurde? Die Untätigkeit würde ihn noch mehr aufregen.

Da die Alternativen eher gering waren, blieb nur Doktor Kudlich über.

Vielleicht hatte er ja Glück und konnte mit ihm nicht nur über Schnaps reden, sondern an Erkenntnissen über die beiden Toten teilnehmen.

»Die Hoffnung stirbt zuletzt!« Er musste lachen, als er an diese Metapher dachte, aber es war ein gequältes Lachen.

Schwungvoll fuhr er im Rückwärtsgang aus der Einfahrt. Dass es auch andere Verkehrsteilnehmer gab, hatte er schon wieder vergessen.

*

»Sieh mal an, du hier in meiner Klause? Ist dir langweilig?«

»Irrtum, Doktor. Ich wollte dich aus deinem Dämmerschlaf

wecken. Du lässt dir wieder einmal viel zu lange Zeit. Ich brauche endlich Ergebnisse«, sagte er und legte einen angriffslustigen Ton hinein.

»Ihr immer mit eurer Hektik. Werdet euch noch einen Herzinfarkt einhandeln. Ihr solltet euch die Leichtigkeit des Seins als Vorbild nehmen. Sieh dich um hier …« Mit weit ausholender Geste wies er zu den metallenen Tischen. »… da wird niemand einen Infarkt bekommen …«

»Außer es trifft dich, Doktor«, unterbrach Felber ihn.

Kudlich sah ihn fest an. »Mich? Nie, mein Lieber. Ich hab ein Rezept dagegen. Mein Dirndlschnaps bringt ebenfalls Leichtigkeit, das hab ich dir oft genug gesagt.«

Zu diesem Thema wollte Felber sich in keine Diskussion einlassen.

»Du weißt, was ich davon halte, Doktor. Jedenfalls bin ich nicht deswegen hier. Kannst du mir was Neues berichten? Etwas, das nichts mit Rezepten und Leichtigkeiten zu tun hat? Ich wäre dir sehr verbunden.«

»Der Mann wird es nie lernen«, seufzte Kudlich, »es ist vergebene Liebesmüh.« Dann hustete er heftig. »Na gut, du Unbelehrbarer, dann greifen wir einmal in die Trickkiste eines begabten Pathologen. Bei der Leiche gibt es ein paar Ungereimtheiten. Jeder andere hätte dir gesagt, der Mann wurde erschossen und basta! Mich aber legt man nicht so leicht herein, mein Lieber.«

»Jetzt sag aber nicht, dass er erhängt oder ersäuft wurde.«

Kudlichs Lachen endete wie so oft in einem Hustenanfall.

»Du bist mir ein Scherzbold, Günter. Da könnte ich meine Approbation gleich zurückgeben. Nein, es gibt einen zweiten Schusskanal. Die Eintrittsöffnung ist dieselbe, weicht dann aber ab und verfehlt das Herz, während der erste genau durchs Herz geht. Aber, und das ist das Interessante bei der Sache, es finden sich an den Rippen, vor allem bei der Austrittswunde, Einkerbungen, die so gar nicht auf eine Kugel hindeuten.«

»Du sprichst in Rätseln, Doktor. Willst du damit andeuten, dass er nicht erschossen wurde?«

»Ja … nein … doch, erschossen wurde er schon, aber nicht mit dem Revolver. Ich hab dir doch gerade erzählt, dass ein zweiter Schusskanal vorhanden ist. Die beiden liegen so eng nebeneinander, dass ich bei der ersten Besichtigung, du erinnerst dich doch an das Haus, den Auffindungsort …«

»Noch bin ich nicht verblödet, Doktor, natürlich erinnere ich mich. Du hast etwas von einem Parabellum-Revolver geschwafelt … hat sich das übrigens bestätigt?«

»Das solltest eigentlich du wissen. Hast du noch nicht den Bericht der Kriminaltechniker gelesen?«

Gab es den schon? Jetzt kam Felber sich wie ein Greis mit Gedächtnislücken vor.

»Da muss ich Alfred fragen«, antwortete er lahm.

»Tu das, mich würde sehr interessieren, ob ich recht hatte.«

Kudlich starrte intensiv an die Decke, und Felber schwieg ebenfalls.

»Also, womit wurde er wirklich erschossen?«, brach er endlich das Schweigen.

»Ach ja … ich tippe auf einen Pfeil oder ein ähnliches Mordinstrument. Die Einkerbungen sind typisch dafür, das kenne ich aus Papua-Neuguinea.«

»Du warst in Papua-Neuguinea?«

»Pfff … was sollte ich dort. Aber ich besitze einen Fotoband, gleichzeitig ein medizinisch- wissenschaftliches Werk, in dem diese Verletzungen beschrieben und abgebildet sind.«

»Ich dachte schon, du warst dort Kopfjäger und Kannibale.«

»He, he, he!«, meckerte Kudlich. »Aber wenn du unbedingt

willst, mach ich aus deinem einen Schrumpfkopf.«

»Danke, kein Bedarf.«

Kudlich watschelte zu seinem Schreibtisch, um sich einen Schluck seines geliebten Dirndlschnapses zu genehmigen, und rief über die Schulter zurück: »Wäre doch ein nettes Andenken für deine Konstanze.«

»Vergiss es, Doktor«, presste Felber hervor. »Kommen wir lieber wieder zu dem Toten zurück. Du meinst also, er wurde mit Pfeil und Bogen umgebracht? Was ist dann mit dem Schuss aus dem Revolver?«

»Tja, möglich, dass der Mörder die eigentliche Tatwaffe verheimlichen wollte. Da hat er aber nicht mit mir gerechnet. Ich entdecke alles. Vielleicht sollte ich auch ein wissenschaftliches Buch darüber schreiben, was meinst du?«

»Das kannst du machen, wenn du in Pension bist, jetzt ist dafür keine Zeit.«

»Na, so viele Tote, die meiner Untersuchung bedürfen, gibt es ja Gott sei Dank auch wieder nicht.«

»Apropos Untersuchung, kannst du mir schon etwas über das Gerippe sagen? Das wäre wichtiger, als sich Gedanken darüber zu machen, ob du Bestsellerautor werden willst.«

»Wieso? Wäre doch eine gute Aufbesserung meiner Pension. Ich sehe schon den Titel vor mir: ›Der mystische Doktor gibt seine Geheimnisse preis‹. Toll, was?«

»Pah, was ist an einem Toten schon mystisch?«

»Wie ich dir anhand dieser Leiche gezeigt habe«, Kudlich wies mit theatralischer Geste auf den Toten, »entspricht der erste Augenschein nicht immer der Wahrheit, und dieses Geheimnis nenne ich mystisch.«

»Na ja, wenn du glaubst«, knurrte Felber. Er war des Scherzens überdrüssig, er wollte endlich Ergebnisse und keine psychologischen Abhandlungen, was Mystik im Bereich der Pathologie zu suchen hatte.

»Also …«, sagte er und blickte den Doktor herausfordernd an, »kannst du mir etwas über das Skelett sagen, oder musst du erst ein Orakel befragen?«

»Du bist ein humorloser Mensch, Günter. Ein wenig Spaß im Leben sollte doch jeder haben. Eine Sekunde noch, dann erzähle ich dir, was ich über das Gerippe herausgefunden habe. Willst du nicht doch einen Schnaps?«

Abwehrend streckte Felber die Hände aus, während Kudlich wieder zu seinem Schreibtisch watschelte und mit genussvollem Brummen einige Schlucke schlürfte.

»Nun, damit du mir endlich Ruhe gibst«, sagte der Doktor und schmatzte, »will ich dich in die Geheimnisse meiner Arbeit einweihen. Es handelt sich um eine männliche Person. Das ist eindeutig. Da kannst nicht einmal du daran rütteln. Das Becken spricht eine eindeutige Sprache. An den Knochen gibt es vielfach Bissspuren. Ich nehme an, dass sich Ratten in dem alten Gemäuer herumgetrieben haben. Aber – und das ist höchst interessant – deswegen halte dich an, Günter, an zwei Rippen habe ich Einkerbungen gefunden, ähnlich jener, die ich bei der Wasserleiche, also bei dem Rechtsanwalt, festgestellt habe.«

»Das lässt doch nur den Schluss zu, dass auch dieser Mann mit Pfeil und Bogen gemeuchelt wurde«, rief Felber aufgeregt.

»Du bist ein Wiffzack, Günter«, schmunzelte der Doktor. »Jetzt sollten wir aber mit einem Schnaps anstoßen, damit du das verkraftest.«

»Ich schaffe das auch so, danke. Mich machst du nicht zum Alkoholiker.«

»Willst du damit andeuten …«, brauste Kudlich auf.

»Um Himmels willen, nein, Doktor, obwohl …«

»Obwohl was?«

»Nichts, entschuldige.« Felber bereute seine unbedachten Worte. Die kameradschaftliche Verbundenheit mit dem Pathologen bedeutete ihm sehr viel. Wie konnte er in harmloses Fahrwasser zurückrudern? Sollte er ihn auf die Besuche im Swingerklub ansprechen? Er entschied sich dagegen, wer wusste, was er damit wieder angerichtet hätte. Es blieb ihm wohl nichts anderes übrig, als zu Kreuze zu kriechen.

»War nicht so gemeint, Doktor«, sagte er deswegen bittend. »Ich glaube, ich muss jetzt gehen.«

Aber Doktor Kudlich war mit seinen Gedanken anscheinend schon wieder woanders.

»Was denn? … Du gehst schon, Günter? Schade! War eine nette Unterhaltung. Ich hoffe, meine Ausführungen helfen dir weiter.« Ein heftiger Hustenanfall unterbrach ihn, und röchelnd sprach er weiter: »Pfeil und Bogen, ha? Man kommt sich vor wie im Mittelalter. Ich hoffe, ihr findet den Schützen. Das war mit Sicherheit ein Profi.«

»Hoffentlich!«, murmelte Felber und setzte etwas lahm hinzu: »Solltest du noch etwas finden, wäre ich sehr dankbar.«

Er drehte sich um, ging und wunderte sich wieder einmal über die Stimmungsschwankungen des Doktors.

Kapitel 14

Als Felber in sein Auto stieg, war das eigenartige Verhalten des Doktors beinahe vergessen. Hubert Sieber drängte in den Vordergrund. Sein Benehmen war rätselhaft. Warum log er, und was wusste er? Gutes tat er sich letztlich damit auch nicht, denn das führte direkt zu der Frage, ob er mit dem Mord an dem Rechtsanwalt etwas zu tun hatte. Felber rieselte es kalt über den Rücken. Sein Schulkamerad ein Mörder? Das durfte nicht wahr sein. Schließlich war doch er derjenige gewesen, durch dessen Beschwerde und dessen Beharrlichkeit dieser Mord erst entdeckt wurde.

Natürlich konnte Absicht dahinterstecken, um als unschuldig dazustehen, um sich von jedem aufkeimenden Verdacht reinzuwaschen. Das hatten vor ihm schon andere versucht, oft mit durchschlagendem Erfolg. Nicht, dass Felber das aus eigener Erfahrung wusste, mit so vielen Morden hatte er noch nicht zu tun gehabt, aber man bildet sich weiter, hört anderen Kollegen zu und vertieft sich, wenn die Zeit es zulässt, in das Kriminaljournal.

Das Kernproblem war wohl, traute er es seinem Schulkollegen tatsächlich zu, so ein Verbrechen zu begehen? Wenn er ehrlich zu sich selbst war und sich an verschiedene Vorfälle in der Schulzeit erinnerte, musste die Antwort »Ja!« lauten.

Felber seufzte und lehnte sich im Autositz zurück. Er musste so lange bei Bertl bohren, bis die Wahrheit ans Licht kam. Er seufzte noch einmal und startete den Motor. Als er den Weg zum Büro einschlug, machte ein mulmiges Gefühl sich in ihm breit. Wenn das nur gut ging. Schon in der Schule hatte er es nie geschafft, Bertl zu einer wahrheitsgemäßen Antwort zu bewegen.

Diesmal musste es ihm gelingen, egal, wie er es anstellte. Aber nicht heute. Morgen – irgendwann.

*

Konstanze saß allein im Büro, als Felber zurückkam. Sie sah nicht gerade glücklich aus.

»Na, schon fertig? Hat Alfred dir helfen können?«

Sie schlug mit der Faust auf den Tisch. »Der Kerl war gar nicht hier, als ich mit der alten Dame kam. Hast du ihn mit Ermittlungen außer Haus beauftragt?«

Felber schüttelte den Kopf. »Nicht, dass ich wüsste. Aber vielleicht hat er bei der Recherche zum Grundbuch etwas herausgefunden, das er gleich überprüfen wollte. Keine Ahnung. Aber du hast das Phantombild doch sicher allein hinbekommen. Zeig es her.«

»Hoffentlich hilft es.« Konstanze runzelte die Stirn. »Die Frau war nicht ganz bei der Sache. Viel mehr interessierten sie die einzelnen Teile, mit denen man das Gesicht zusammenstellt. Vor allem die Frisurenteile der Frauen, die ließ sie mich alle ausprobieren, obwohl außer der Gesichtsform und der Augen nichts am Schirm war. Aber letztlich haben wir es geschafft.«

Sie hielt ihm das Blatt Papier unter die Nase. Ein ernstes Gesicht blickte ihm entgegen, mit fülligem dunklen Haar, doch die Lippen schienen durch die leicht hochgezogenen Mundwinkel zu lächeln. Die Frau kam ihm bekannt vor, er wusste sie aber nicht einzuordnen. Er vertiefte sich in die

Zeichnung, ging im Geiste alle ihm bekannten Gesichter durch. Brummend legte er endlich die Zeichnung auf den Tisch, seufzte und dann …

»Ich kenne die Frau!«, rief er. »Diese Zeugin … man glaubt es ja nicht.«

Und dann erklärte er der überraschten Konstanze, die Frau als Titelbild einer Illustrierten, die sich mit der Schicki-Micki-Gesellschaft beschäftigte, erkannt zu haben.

»Die Zeugin dürfte sich den lieben langen Tag nur mit diesen Schmierblättern beschäftigen.«

»Wo hast du das gesehen?«, wunderte Konstanze sich.

»In der Trafik. Wollte Zünder kaufen, für unsere Kerzen, und vor mir stand eine Dame, die unbedingt wissen wollte, warum sie nichts im Lotto gewonnen hatte, obwohl doch eine Zahl richtig wäre. Was blieb mir anderes über, als zu warten und mich umzusehen.«

Mitten in ihrem Gespräch ging die Türe auf und knallte geräuschvoll gegen die Wand. Herein kam Weiner. Was heißt, er kam, Alfred tänzelte über die Schwelle, das Gesicht gerötet und mit einem glücklichen Lächeln darauf. Als er bemerkte, dass sich noch jemand im Raum befand, beendete er es mit einer eleganten Drehung und schlich mit normalem Schritt zu seinem Schreibtisch.

Felber und Konstanze sahen sich verwundert an.

»Haben wir endlich den entscheidenden Durchbruch erzielt, weil du gar so gut gelaunt bist?«, fragte Felber und grinste ob der möglicherweise guten Nachricht.

Das Lächeln Weiners verschwand schlagartig.

»Na ja, ganz so ist es wieder nicht. Ich war persönlich beim Grundbuchsamt, da man mir telefonisch keine Auskunft erteilen wollte.« Er kratzte sich an der Nase. »Eigenartig! Als letzte Besitzerin ist nach wie vor Josefine Herzl angeführt.

Als ich der Beamtin erklärte, dass Frau Herzl schon lange verstorben ist, glaubte sie es zuerst nicht. Dann entdeckte sie ein Papierstückchen zwischen den Seiten bei der Heftung und schloss daraus messerscharf, beinahe wie wir Kiberer, dass ein Blatt herausgerissen sein musste. Aber das sei eigentlich ein Ding der Unmöglichkeit, meinte sie, Fremde würden nie mit Akten allein gelassen.«

»Und was schließt du daraus?«

Weiner hob die Schultern in die Höhe. »Keine Ahnung. Wenn ich du wäre, sagte ich vielleicht – wieder ein Mysterium, wie so vieles in dieser Geschichte.«

»Davon können wir uns nichts kaufen, Alfred. Schüttle doch ein wenig deine kleinen grauen Zellen, soll ich dir dabei helfen?« Felber tätschelte seinen Hinterkopf.

»Lass den Blödsinn, Mann.« Weiner fuhr herum, damit er aus der Reichweite der beinahe väterlichen Klapse kam. Auf seiner Stirne zeigten sich dicke Falten.

»Das würde doch bedeuten … nein, das gibt's nicht … wie soll man dann noch an das Gute im Menschen glauben …«

»Wir Polizisten, Alfred, sind dazu verurteilt, immer das Schlechteste zu denken, sonst könnten wir keine Morde und Diebstähle aufklären, ja, nicht einmal Strafmandate ausstellen.«

»Du meinst, ein Insider hat hier getrickst?« Weiner sah ihn mit großen Augen an.

»Wenn ausgeschlossen wird, dass Akte allein eingesehen werden können, dann muss es jemand der dort Beschäftigten gewesen sein, vielleicht sogar die Dame, mit der du dich unterhalten hast.«

»Nein!«, schrie Weiner. »Für die würde ich meine Hand ins Feu…« Er klappte den Mund zu und wurde rot. »Ich meine …« Er stierte auf den Tisch und zog mit einem Finger der linken Hand Kreise auf der Platte. »Diese Frau …« Er blickte hoch, sah aber nicht Felber, sondern Konstanze an. »… sie war so bemüht, mich zu unterstützen … und dann hat sie ja auch diesen Papierfetzen entdeckt, weswegen wir überhaupt wissen, dass etwas herausgerissen wurde.«

»Vielleicht macht gerade das sie verdächtig?« Felber bohrte genussvoll in Weiners offener Wunde.

»Also, ich glaube Alfred«, mischte Konstanze sich ein. »Er hat genug Erfahrung und Menschenkenntnis, um Wahrheit und Lüge zu unterscheiden.« Sie sah ihn mit hochgezogenen Brauen bedeutungsvoll an.

Felber schwieg.

»Wie gehen wir nun weiter vor?«, fuhr Konstanze fort.

Felber stieß die angehaltene Luft zischend aus.

»Tja, das ist die Frage des Tages.« Er runzelte die Stirne. »Ich schlage vor, nachdem du die Dame vom Grundbuch schon kennst, Alfred, behandelst du diese Sache weiter. Ich möchte wissen, wer dort arbeitet beziehungsweise gearbeitet hat. Wir schränken den Zeitpunkt einmal auf das letzte halbe Jahr ein. Ich glaube, dass dieser Eintrag erst nach dem Tod des Rechtsanwalts entfernt wurde.«

Felber rechnete damit, dass Weiner wieder zu maulen beginnen würde, so, wie er das in letzter Zeit immer wieder gemacht hatte, aber weit gefehlt, Alfred grinste und rief begeistert: »Klar! Mach ich doch gerne.«

Das muss ja eine tolle Beamtin sein, stellte Felber belustigt fest. Aber er musste ihm noch eine andere Aufgabe aufhalsen. »Das ist aber nicht alles, Alfred«, meinte er deswegen. »Ich weiß ja nicht, wie das gehandhabt wird, aber es könnte ja sein, das jemand von einer anderen Behörde da seine Finger drinnen hat, zum Beispiel jemand vom Meldeamt. Das musst du ebenfalls prüfen.«

Spätestens zu diesem Zeitpunkt hätten Alfreds Mundwinkel nach unten sinken und ein anklagender Blick ihn treffen müssen. Aber Alfred nickte nur und lächelte.

Felber und Konstanze sahen sich belustigt an. Zumindest das Rätsel über Alfreds Stimmungsschwankungen schien gelöst zu sein.

Wieder ging ein arbeitsreicher Tag zu Ende, ohne dass sie entscheidende Fortschritte gemacht hätten. Nur Dinge, die nichts mit den Ermittlungen zu tun hatten, kamen ans Tageslicht, wie, dass Alfred anscheinend eine neue Freundin hatte, oder eine Zeugin sich mehr auf Fotos in Illustrierten als auf lebende Personen konzentrieren konnte.

Es konnte nicht mehr lange dauern, fürchtete Felber, dann musste er zu Paukerl, um Bericht zu erstatten. Wenn er nicht mehr Erkenntnisse hatte als jetzt, konnte er sich auf einen mächtigen Wirbel gefasst machen, mit den obligatorischen Drohungen, die Sache ans Landeskriminalamt weiterzuleiten, seine Truppe aufzulösen und weiß Gott was noch alles. Und dieser unsagbare Oberst Pelzer würde sich hämisch die Hände reiben. Obwohl seiner Meinung nach auch das Landeskriminalamt nicht mehr weiterbrächte.

Mit diesen Gedanken beschäftigt, stieg Felber ins Auto und startete. Die Beifahrertüre wurde aufgerissen, und Konstanze setzte sich neben ihn.

»Fahren wir heute mit dem Auto nach Hause?«

»Hä …?« Aus seinem Nachdenken gerissen, sah er sie verwirrt an.

»Entschuldige!«

Kudlich! Natürlich, er musste nochmals zu Kudlich. Das Skelett – das Kniegelenk des einen verschwundenen Mannes … das hatte er wieder einmal vergessen, er musste es gleich wissen, war es ein künstliches, oder nicht? Dann hätten sie mit zumindest neunzigprozentiger Gewissheit den Namen des Gerippes. Er blickte auf die Uhr. Es war schon spät. Hoffentlich erreichte er den Doktor noch.

*

Ob es wirklich im Interesse der öffentlichen Sicherheit lag, sei dahingestellt. Felber jedenfalls war dieser Meinung, als er mit Blaulicht und Folgetonhorn beim Spital vorfuhr.

Auf der Gasse war es ruhig, auch der Parkplatz schien menschenleer – nur eine massige Gestalt, die Felber bekannt vorkam, schickte sich gerade an, in ein Auto einzusteigen. Ohne nachzudenken, sprintete er los.

Doktor Kudlich mühte sich gerade, den Sicherheitsgurt anzulegen. Trotz der Hektik, in der Felber sich befand, blieb er stehen und starrte Kudlich an. Das war nicht der Doktor, den er kannte. Dunkler Anzug, weißes Hemd, silbergraue Krawatte – heiratete er? Sofort gab es ihm einen Stich.

Noch etwas schoss in seinen Kopf. Wohnte Kudlich in seinem Labor, oder hatte er nur seine gesamte Garderobe hier deponiert?

»Günter?«, riss der Doktor ihn aus den Gedanken. »Was zum Teufel treibst du hier? Schau mich nicht mit offenem Mund an. Mach fix, ich hab keine Zeit.«

»Ääh … entschuldige … was für eine Feier steht denn an? Hochzeit? Familienfest? Bekommst du einen Orden?«

Kudlich ging darauf nicht ein. »Was willst du, Günter?«

»Ääh, ja, nur eine kleine Frage, darfst gleich fahren. Das Gerippe – du weißt schon … hat das ein künstliches Kniegelenk?«

Der Doktor starrte ihn entgeistert an. »Kniegelenk? Deswegen hältst du mich hier auf? Bist du noch zu retten?«

»Bitte! Es ist sehr wichtig für mich.«

»Kein Gelenk. Das hätte ja neben den Knochen gelegen«, seufzte Kudlich.

»Danke!«

Dann war es zu neunundneunzig Prozent der Mann von Sonja Fiesler. Jetzt hatte die Dame Erklärungsbedarf und er eine Menge Fragen. Wie zum Beispiel kam die Leiche des Herrn Fiesler in das Haus der Leopoldine Herzl? Wurde er dort ermordet oder nur als Toter abgelegt? Wohnte Frau Herzl vor zwölf Jahren noch dort? Standen Fiesler und Herzl in einem verwandtschaftlichen Verhältnis, waren sie verschwägert oder nur bekannt?

»Gehst du mir jetzt aus dem Weg, damit ich losfahren kann, oder brauchst du noch eine medizinische Abhandlung?« Kudlich klang nervös und ärgerlich.

»Entschuldige!« Felber trat einen Schritt zur Seite. Der Doktor startete und beugte sich noch einmal aus dem Fenster. »Nur damit du nicht eine schlaflose Nacht hast – ich hab eine Verabredung im Swingerklub. Schönen Abend noch.«

Kapitel 15

Während Felber zurückfuhr, ging Kudlich ihm nicht aus dem Kopf. Der Swingerklub – was trieb den Doktor dorthin? Bekam er plötzlich Angst vor der Einsamkeit? Wollte er im fortgeschrittenen Alter noch eine Beziehung eingehen? Oder handelte es sich bloß um Sex?

Das mit dem Sex schloss Felber sofort aus, rein aus ethischen Gründen. Er versteifte sich auf eine mögliche Beziehung. Wahrscheinlich graute dem Doktor vor dem Alleinsein im hohen Alter.

Diese Spekulation führte ihn zu Alfred, zu seinem rätselhaften Verhalten, zu seinen Gefühlen, die er anscheinend noch im Verborgenen halten wollte, aber nicht im Griff hatte. Felber ahnte, er spürte förmlich, dass etwas sehr Ernstes sich hier anbahnte, etwas, das nicht auf Tage oder Wochen ausgerichtet war, sondern auf die Ewigkeit. Wenn er sich daran erinnerte, mit welcher Inbrunst Alfred früher mit den jungen Kolleginnen von der Inspektion gescherzt und getändelt hatte … Er konnte sich nicht erinnern, wann das endete … waren es Wochen oder gar Monate? Jedenfalls lächelte er jetzt nur mehr freundlich, grüßte und machte sich aus dem Staub.

Was, wenn er nun, nachdem er sich bei seiner Beförderung zum Gruppeninspektor als gleichgestellt sah, ihn nun rechts überholen wollte und als Erster vor den Traualtar …

Dieses Szenario ließ Felber einen kalten Schauer über den Rücken rinnen. Das musste er verhindern. Schließlich kannten er und Konstanze sich um einiges länger. Er musste über seinen eigenen Schatten springen, sich zusammenreißen und Konstanze endlich den von ihr sicher heiß ersehnten

Mittlerweile waren sie bei ihrer Wohnung angekommen, und Felber brauchte bei seinen aufgewühlten Gefühlen einige Versuche, den Wagen richtig in die Parklücke zu platzieren.

Konstanze sah ihn verwundert an, denn sonst erledigte er diese Sache immer souverän.

Schweigsam stiegen sie die Stufen hoch, schweigsam schloss er die Türe auf, schweigsam gingen sie in die Küche. Felber war so mit seinen Gedanken beschäftigt, dass er sogar Konstanzes Frage überhörte, was er gerne essen würde.

»Was ist denn los mit dir?«, rüttelte sie an seiner Schulter. »Hast du so schlechte Nachricht von Doktor Kudlich?«

Felber schüttelte den Kopf. Er musste sie gleich, auf der Stelle, fragen. Es musste jetzt heraus.

»Konstanze!« fing er an. »Willst du …«

Verdammt! Er konnte diese paar Worte nicht sagen. Als ob seine Zunge gelähmt wäre, der Mund trockener als die Sahara.

»Ach nichts. Vergiss es«, krächzte er und schämte sich zutiefst. Wortlos ging er ins Wohnzimmer und schaltete den Fernsehapparat ein. Er fühlte sich einsam und allein gelassen, schimpfte sich andererseits selbst einen nichtsnutzigen Feigling, der bei der Polizei rein gar nichts zu suchen hatte. Besser, er verkröche sich in einer Höhle und lebte kümmerlich als Waldmensch.

Er verdiente es nicht, neben Konstanze im Bett zu liegen.

Aus dem Schlafzimmer holte er Decke und Polster, um sich auf der Couch sein Bett zu richten, obwohl er wusste, dass das mit fürchterlichen Kreuzschmerzen bestraft wurde. Auch essen wollte er nichts.

Konstanze sah ihm kopfschüttelnd zu, fragte, was das zu bedeuten habe, bekam aber keine Antwort.

Es wurde eine unruhige Nacht. Felber wälzte sich auf der Couch herum, in kurzen Phasen, in denen er einnickte, plagten ihn Albträume, dann geisterte wiederum Konstanze durch das Zimmer, die wissen wollte, ob es ihm schon besser gehe, ob er etwas bräuchte, auch, ob sie Fieber messen solle.

Zeitig in der Früh stellte sich eine gewisse Ruhe ein, genährt durch einen Gedanken, der in seinem Hinterkopf rumorte.

An Frühstück war nicht zu denken, beide hatten verschlafen, und so gingen sie schweigend die Hauptstraße hinunter zur Inspektion.

Mit einem Mal hatte der Gedanke, der Felber beschäftigte, ausrumort. Er musste es jetzt tun, augenblicklich, ihn beschlich mit einem Mal die Angst, dass es vielleicht schon zu spät war. Er blieb abrupt stehen.

»Konstanze!«, rief er und achtete nicht auf die Passanten um sich. »Konstanze, willst du mich heiraten?«

Sie drehte sich zu ihm um, schweigend, mit ernstem Gesicht, nur ihre grünen Augen flackerten.

Die Befürchtungen, Ahnungen, die ihm den Schlaf geraubt hatten, ließen seine Stimme brechen. »Bitte, willst du mich heiraten?«

Konstanzes Miene veränderte sich nicht, sie zog lediglich die Brauen fragend in die Höhe. Arschloch!, schimpfte er sich selbst in Gedanken. Bringst nichts zusammen. Sag es noch mal!

Die Kontrolle des Sprechens ist in Ausnahmefällen, und das war bei Gott ein solcher, nicht so einfach. Und so schrie er fast wie ein Stadionsprecher: »Konstanze, willst du meine Frau werden?«

Die Leute rund um sie schreckten auf. Der frühe Morgen

und die Vehemenz, mit der Felber seine Bitte vorgebracht hatte, war man nicht gewohnt. Die meisten Leute lächelten und bei ein, zwei Frauen glaubte er Tränen zu bemerken.

»Bärli, mach doch nicht so ein Theater, was sollen denn die Leute denken.« Sie zögerte kurz, vielleicht nur Sekundenbruchteile, dann sagte sie mit gerötetem Gesicht: »Du weißt doch, dass ich das schon lange will, du Dummkopf. Ja, natürlich will ich.«

Felber umarmte sie stürmisch. Gerade, dass die Passanten nicht applaudierten.

»So! Aber jetzt komm. Wir haben noch anderes zu tun.«

»Danke!«, rief Felber, und die Erleichterung, endlich über seinen Schatten gesprungen zu sein, sah man ihm an. »Warte noch, jetzt brauch ich erst einmal eine Leberkässemmel.«

*

Felber wunderte sich, dass Alfred noch nicht auf seinem Platz saß und in den Computer starrte. Das war ungewöhnlich, Konstanze jedoch schien darüber froh zu sein.

Sie sah nun etwas blass aus, kam Felber vor. Bereute sie schon, Ja gesagt zu haben?

»Hasi …«, stammelte er und biss danach kräftig in die Semmel, weil er nicht wusste, wie er weiterreden sollte, »ich dachte … ich musste …«, mampfte er.

»Mit vollem Mund spricht man nicht«, sagte sie streng und ernst.

Mit einem Mal schmeckte der Leberkäse nicht mehr. Aber vorhin hatte sie doch Ja gesagt? Kenne sich einer bei Frauen aus.

»Weißt du, mein Bär«, plötzlich begann sie zu lächeln. »Deinen Heiratsantrag habe ich mir eigentlich anders vorgestellt. Romantisch, mit Rosen und Kerzenschimmer, bei einem guten Glas Wein und einer anschließenden kleinen Feier mit guten Freunden. Aber nicht mitten auf der Hauptstraße vor wildfremden Menschen. Was müssen die sich nur gedacht haben? Zwei Verrückte? Oder …«, ihr Grinsen wurde spitzbübisch, »… vielleicht glaubten sie, dass ein Film gedreht wurde. Das begrenzte deinen – unseren Imageschaden.«

»Aber du sa…« Die Türe wurde aufgerissen und krachte gegen die Mauer.

»Überraschung!«, rief Weiner. Er balancierte drei Kaffeebecher, und unter der Achsel klemmte etwas in Papier Eingewickeltes.

»Der Kaffee ist heute wieder verdammt heiß. Puh …« Weiner blies auf seine Finger und wedelte mit den Händen in der Luft herum.

»Na, wie verwöhne ich euch?«, rief er. »Dafür müsst ihr mir aber einen Gefallen tun.«

»Sollen wir für dich Strafzettel austeilen?« Es sollte humorvoll klingen, aber Felber war durch den Krach der Türe und die Unterbrechung seiner lebensnotwendigen Frage durch Weiner verärgert. So kam es wie ein Anschnauzer heraus, aber Weiner schien es nicht zu stören.

»Aber nein, ihr müsst euch heute Abend freinehmen und zu mir kommen. Diese Einladung könnt ihr nicht …«

»Na …?« Schon wieder eine Unterbrechung. »Solltet ihr nicht arbeiten? Stattdessen quatscht ihr von Feiern?« Paukerl stand im Türrahmen. »Oder ist der Fall gelöst? Dann dürft ihr.«

»Beinahe, Chef.« Felber übertrieb ein wenig. »Wir wissen jetzt mit beinahe hundertprozentiger Sicherheit, wer der zweite Tote, das Gerippe, ist.«

Freude und Erstaunen zeigten sich auf dem Gesicht des

Chefinspektors. »Gut! Das ist ja was«, rief er.

»Wir brauchen nur mehr den Mörder fassen.«

»Und? Wisst ihr …«

»Leider noch nicht.« Felber schüttelte den Kopf.

»Dann gibt es nichts zu feiern.« In Paukerls Gesicht erschienen wieder seine normalen Sorgenfalten.

»Chef?«, mischte Weiner sich ins Gespräch. »Da müssen wir heute eine Ausnahme machen. Günter und Konstanze wissen es schon, und es wäre eine große Ehre für mich, wenn auch du kommen könntest. Eine Feier in kleinstem Rahmen. Ich habe euch etwas sehr Wichtiges zu sagen. Acht Uhr bei mir, ja?«

Felber und Konstanze sahen einander fragend an, und Paukerl blökte: »Eine Feier? Heute? Mein Freund, da musst du mir schon Genaueres sagen. Was hast du für einen Grund, mitten unter der Woche, sozusagen in deiner Arbeitszeit, ein Fest zu veranstalten?«

Weiner tat so, als ob er das nicht gehört hätte, fuhr seinen Computer hoch und stierte scheinbar konzentriert auf den Bildschirm.

»Ich möchte wissen, was das für ein hirnrissiges Fest ist, Gruppeninspektor«, brauste Paukerl auf.

»Keine Chance«, schüttelte Weiner den Kopf. »Nur eines kann ich noch verraten …« Alle drei starrten ihn aufmerksam an. »… es ist kein Fest im eigentlichen Sinn und vor allem nicht hirnrissig. Alles Weitere erfahrt ihr am Abend. Ich freu mich schon.«

Brummend drehte Paukerl sich um und ging. Dabei stolperte er über die ein Zentimeter hohe Türschwelle. »Wir haben zwei Morde aufzuklären … Aua … und die wollen Feste feiern. Ich hab schon über bessere Witze nicht gelacht.«

Felber versuchte, zum normalen Tagesablauf zurückzugelangen.

»Gibt es schon etwas Neues in dieser Grundbuchsache, Alfred?«

»Nein. Aber ich und Lieselotte sind dran, haben vielleicht schon eine Spur.«

Lieselotte? Wer zum Teufel … Konstanze stieß ihn an und zog ihre Brauen bedeutungsvoll in die Höhe.

»Alfred, jetzt drück dich nicht so geheimnisvoll aus. Wer …«

Paukerl stand schon wieder im Türrahmen und hüstelte.

»Leute … Alfred, aus deinem Fest wird wohl doch nichts. Wir haben schon wieder eine Leiche.«

Kapitel 16

Wenn man die »Goldene Stiege« hinauffährt, zweigt kurz vor dem großen Parkplatz linker Hand ein mit Schranke gesicherter asphaltierter Weg ab, der entlang von Weingärten in Richtung Prießnitztal führt. Im Volksmund wird er Schießstättenweg genannt, politisch nicht ganz korrekt, denn in diversen Stadtplänen führt er verschiedene andere Namen. Doch jedermann weiß, welcher Weg gemeint ist. Von Spaziergängern wird er gerne genutzt, vor allem im Frühling, wenn überall das Grün zu sprießen beginnt, aber auch im Herbst, wenn die Weintrauben reif sind und die Sonne noch angenehme Wärme verbreitet. Zahlreiche Steinbrüche, heute nicht mehr in Verwendung, zeugen davon, wie man vor hundert Jahren und noch früher den Ausläufern des Anningermassives zum Fels gerückt war.Unter einem dieser Brüche stand ein auch nicht gerade junges Haus, neben dem eine hölzerne Wand errichtet wurde, und in einem gewissen Abstand zu der Wand sind überdacht in Brusthöhe horizontale Bretter angebracht.

Mit einem Wort, hier befand sich ein Schießstand. Das ist an sich nichts Aufregendes, geballert wird schließlich überall, aber hier bevorzugte man eine leisere Art – es wurde mit Armbrüsten um Lorbeerkranz, Pokale und Urkunden gekämpft. Leider eine aussterbende Sportart, wie die langsam verfallenden Baulichkeiten bestätigten.

Felber betrachtete verzweifelt die für sportlichen Wettkampf geschaffene Anlage. Seit er hier in Mödling Dienst tat, hatte die Anzahl der Morde sich langsam, aber stetig gesteigert. Als ob sich die gesamte Mörderschaft zusammengeschlossen hätte, um ihm eins auszuwischen. Er wollte das doch nicht, er würde liebend gerne den Verkehr regeln, Strafzettel verteilen, und wenn, dann mit einer Radarpistole für die gerechte Sache kämpfen.

Noch dazu schienen die Mörder sich verschworen zu haben, ihre Taten an schwer zugänglichen, abgelegenen Orten auszuführen.

Er lächelte grimmig. Genutzt hatte ihnen das nichts, alle waren sie von ihm erwischt worden und durften im Gefängnis darüber nachdenken, ob es nicht besser gewesen wäre, die Taten nicht zu begehen.

Felber gab sich einen Ruck. Es nutzte nichts, hier zu philosophieren, das konnte er tun, wenn er alt und gebrechlich im Lehnstuhl saß und genügend Zeit dafür hatte.

Er seufzte und ging mit Konstanze und einigem Widerwillen auf die Männer und Frauen des Spurensicherungstrupps zu.

Es war makaber. Die Leiche hing mit ausgebreiteten Armen an der Holzwand, dem Gekreuzigten nicht unähnlich. Der Kopf war nach vorne gesunken, Gesichtszüge konnte man nicht erkennen. Die massige Gestalt trug einen graublauen Anzug, das ehemals weiße Hemd war von dunkelroten Flecken gezeichnet, und Felber glaubte, eine rot-blaue Krawatte auszumachen.

Links von ihm stand Doktor Kudlich. Er schien ebenso begierig zu sein, endlich die Leiche näher in Augenschein nehmen zu können.

Felber stellte sich neben ihn. Konstanze, etwas bleich um die Nase, trat ebenfalls hinzu.

»Hallo, Doktor. Sag bitte jetzt nicht, dass es zu viele Leichen in Mödling gibt. Du bist doch schon ganz heiß drauf, diese hier untersuchen zu können. Hast du eine Ahnung, wer der Leichnam ist?«

»Ich weiß genau so viel wie du, Günter. Aber etwas kann ich dir schon jetzt mit Sicherheit sagen, es ist kein Wanderer, der hier hängt.« Kudlich blickte auf seine Armbanduhr. »Warum die Spusi sich immer so viel Zeit lässt! Ich hätte noch anderes zu tun, als hier elend lang zu warten.«

Hatte der Doktor schon wieder ein Treffen im Swingerklub? Felber wollte nicht näher darauf eingehen.

»Deine Verabredungen wirst du heute ausfallen lassen müssen, ich möchte, dass du dir den Toten gleich ansiehst. Wir müssen dem Morden ein Ende setzen, sonst ist irgendwann halb Mödling ausgerottet.«

Doktor Kudlich bekam einen Lachanfall, der sich prompt in bedrohliches Husten wandelte.

»Warum musst du immer so maßlos übertreiben, Günter?«, keuchte er und zog ein sauber gefaltetes Taschentuch hervor, um die Schweißtropfen von seiner Stirn zu wischen.

»Wir sind fertig. Ihr könnt jetzt.« Die dickliche Chefin des Trupps war zu ihnen getreten, mit der Meldung, dass der Tatort jetzt frei sei.

»Na endlich!«, mokierte Kudlich sich. »Was ihr immer für Aufhebens wegen eines Toten macht.«

»Na, Doktor«, lachte die Frau, »haben wir dich von Wichtigerem abgehalten? Wir fahren schon, okay? Tschüss!«

Sie hob die Arme in die Höhe, schnipste mit den Fingern und ging mit wiegenden Tanzschritten und sensationellem Hüftschwung auf ihr Auto zu.

Was wusste sie über Kudlich? Es schien so, als ob sich die beiden schon das eine oder andere Mal und nicht nur an einem Tatort begegnet waren.

Den Doktor jetzt darüber zu befragen, war sicherlich nicht zielführend, außerdem im Moment unwichtig. Dieses Geheimnis konnte er später ergründen, dann, wenn der Mörder gefasst war.

»Da siehst du es, Günter«, sagte der Doktor, als sie vor der hängenden Leiche standen, »Armbrustpfeile. Das unterstützt meine Theorie, dass alle drei Toten von demselben Mörder gekillt wurden.«

Tatsächlich steckte je ein Bolzen in den ausgebreiteten Armen, direkt bei der Handwurzel. Ein dritter Pfeil, kaum sichtbar, hatte das Herz durchbohrt.

»Der Täter muss diesmal doch einen Komplizen gehabt haben.«

Konstanze brachte das Problem der ausgebreiteten Arme der Leiche auf den Punkt.

»Sehr wahrscheinlich, obwohl nicht in das Schema eines Einzeltäters passend«, warf Felber ein. »Warten wir, was die Auswertung der Spuren bringt. Wo ist eigentlich Alfred?«

»Er wird doch nicht alleine feiern?«

»Eine Feier?« Kudlich blickte auf. »Alfred macht ein Fest und lädt mich nicht ein? Na warte, dem werde ich das nächste Mal Abführtabletten verschreiben. Was feiert er denn?«

Felber zuckte mit den Schultern. »Wir haben keine Ahnung. Sie ist aber wegen dem Mord sowieso abgesagt. Ist auch nicht so wichtig. Was mich mehr interessiert, ist die Leiche. Doktor, hebst du einmal den Kopf an?«

»Wie euer Hochwohlgeboren wünschen.« Er fasste nach dem Haarschopf.

Konstanze zog zischend die Luft ein, und Felbers Herz schlug einen Salto. Bertl Siebers offene Augen starrten sie an.

Kapitel 17

Felber konnte sich nicht beruhigen. Ausgerechnet der Bertl Sieber! Was war geschehen, dass gerade hier, weitab von Wein, Musik und Gemütlichkeit, dessen Leben beendet wurde? Naturgemäß gab es bei jedem Mord eine Leiche, traurig für die Hinterbliebenen, schwierig für den, der diese Botschaft überbringen musste, aber wenn der Tote ein Bekannter, beinahe ein Freund war, bekam das noch eine ganz andere Dimension.

Jetzt musste er dessen Frau diese Nachricht mitteilen, die eigentlich damit gerechnet hatte, lange vor ihrem Mann zu sterben. Ob das die Sache erleichterte? Er bezweifelte es, für ihn blieb es genauso schwierig, egal, wie die Umstände waren.

Konstanze war neben ihn getreten und griff nach seiner Hand. »Grausig!«, sagte sie. »Wie konnte das bloß geschehen? Du kennst ihn doch besser als ich.«

»Von wegen besser kennen. Wir sind ein paar Jahre gemeinsam zur Schule gegangen. Dass ich ihn vor einigen Tagen wiedergesehen habe, war reiner Zufall. Ich habe genau wie du keine Ahnung.«

Konstanze blickte versonnen auf das Panorama, das sich vor ihnen ausbreitete.

»Ich glaube, dass eine Frau dahintersteckt.«

»Weibliche Intuition?« Felber sah sie ungläubig an.

»Wie du das sagst. Wir wissen doch, dass er kein Kostverächter war. Vielleicht hat er etwas mit einer verheirateten Frau angefangen, und deren Ehegatte ist draufgekommen und hat ihn …«

Sie machte mit der flachen Hand eine Geste quer über die Kehle.

»Genauso gut könnte er seinen Wein gepantscht und sich dabei mit der italienischen oder ungarischen Mafia angelegt haben. Oder er war einfach zur falschen Zeit am falschen Ort. Jemand hat Zielübungen veranstaltet, und in diese ist er versehentlich hineingestolpert.«

»Ich bitte dich, das ist schon sehr an den Haaren herbeigezogen.«

»Vielleicht. Aber wir wissen ja nichts.«

»Noch einmal, ich bin überzeugt, da hat eine Frau ihre Hand im Spiel.«

Sollte Felber jetzt zu streiten beginnen? Er überlegte es kurz, wurde aber von Weiner, der plötzlich vor ihnen stand, daran gehindert.

»So, ich habe jetzt die Zeugenaussage des Mannes aufgenommen, der die Leiche gemeldet hat. Er wollte eigentlich eine Tour auf den Anninger machen, als er hier vorbeikam. Zuerst dachte er an einen Faschingsscherz, eine Puppe, die dekorativ und zugleich dramatisch platziert war – dabei ist die fünfte Jahreszeit doch schon lange vorbei.«

»Hat er etwas berührt oder angefasst?« Felber beziehungsweise die Spusi musste das unbedingt wissen.

»Nein, er meinte, sicher ist sicher, und rief uns an.« Weiner blickte in sein Notizbuch. »Das war es. Ich hab ihn wieder gehen lassen, er hat versprochen, morgen auf die Inspektion zu kommen, um das Protokoll zu unterschreiben.« Er schlug mit dem Kugelschreiber auf seine Zähne. »Wisst ihr, was ich nicht verstehe? Er war sicher nicht der Erste, der hier vorbeikam.

Und niemand sonst hat es für wichtig genug gehalten, uns zu verständigen. Gehen die Leute mit Scheuklappen durchs Leben, ist es ihnen gleichgültig, haben sie Angst, in etwas Unangenehmes verwickelt zu werden, oder fürchten sie, zu viel Zeit zu verlieren? Ich verstehe es nicht.«

»Du hast recht, Alfred«, meinte Felber nachdenklich. »Viele Menschen schauen nicht nach links oder rechts, sind so mit sich selbst beschäftigt, haben keine Augen für die Umwelt, die Natur und schon gar nicht für ein Mordopfer. Das soll jemand anderer tun, am besten die Polizei. Als ob wir Zeit zum Spazierengehen hätten.«

Nachdenklich schwiegen alle.

»Habe ich schon einmal erwähnt, dass ich diese Morde einem Profi zuordne?«, unterbrach Doktor Kudlich die Stille. »Nachdem es auf dieser Welt so viele Verrückte gibt, warum nicht einen, der sich Wilhelm Tell zum Vorbild genommen hat?«

»Mindestens einmal hast du mich damit gequält, Doktor«, entgegnete Felber. »Eine Idee, die mir sehr an den Haaren herbeigezogen scheint. Fiesler starb vor zwölf Jahren, ehe der Rechtsanwalt ins Gras beißen musste. Glaubst du, der Killer hat in der Zwischenzeit nur Däumchen gedreht oder geschlafen? Jedenfalls findet man in den ganzen Jahren keinen ähnlich gelagerten Mordfall.«

»Das bedeutet doch nichts«, zuckte Kudlich mit den Schultern, »er kann seine Tätigkeit ja ins Ausland verlagert haben. Ich bleibe dabei. Was hat Fiesler gemacht, wo hat er gearbeitet? Wie war es bei dem Rechtsanwalt? War der in undurchsichtige Geschäfte verwickelt? Ihr müsst einfach tiefer graben, dann werdet ihr letztendlich sehen, dass ich recht habe.«

»Und wie, lieber Herr Doktor«, mischte Konstanze sich nun ein, »fügt Hubert Sieber sich in Ihre Theorie ein?«

»Das, meine Lieben, ist nicht meine Aufgabe, das müsst schon ihr herausfinden.« Kudlich bekam einen Hustenanfall und blickte sich mit rotem Kopf nach seinen Helfern um.

»Ihr entschuldigt mich«, krächzte er. »Hab noch anderes zu tun.«

*

Felber war erleichtert, dass er keine Journalisten am Tatort gesehen hatte. Die wären imstande gewesen, ein Foto des scheinbar gekreuzigten Bertl Sieber mit pompösem Artikel marktschreierisch zu verbreiten. Schließlich war so etwas eine gewinnbringende Sensation. Er fand, dass dies der Öffentlichkeit nicht zuzumuten war.

Trotzdem – sie mussten eine Pressemitteilung schreiben, sonst brodelte die Gerüchteküche, und, was wichtig war, vielleicht gab es jemanden, der möglicherweise in der Nacht unterwegs gewesen und etwas bemerkt hatte. Tagsüber war der Mord sicher nicht geschehen, das war unwahrscheinlich, zu viele Spaziergänger bevölkerten den Weg. Da sie sonst wenig hatten, war dies ein Strohhalm, an den sie sich klammern konnten.

Aufseufzend setzte er sich an den Schreibtisch, im Geiste schon an einem Artikel feilend. Dann fiel ihm die Frau von Bertl Sieber ein. Die musste doch vom Ableben ihres Mannes verständigt werden.

»Alfred, schreibst du bitte eine kleine Mitteilung an die Presse? Kurz über den Tod von Herrn S. und dann einen Zeugenaufruf. Vielleicht haben wir ja Glück, und irgendjemand hat etwas bemerkt. Ich fahre zu Frau Sieber, um ihr die Nachricht zu überbringen, und dich, Konstanze, würde ich bitten, mitzukommen. Zu zweit ist es leichter.«

Weiner verzog sein Gesicht. »Muss das sein? Du weißt, wie ungern ich so etwas schreibe. Da komme ich mir immer wie in der Schule vor.«

»Du Literat? Schreibst doch immer in deiner Gruppe Geschichten, oder ist das vorbei? Aber gut, wenn du lieber die Todesnachricht überbringen willst, bitte.«

Weiner wurde blass und streckte die Arme abwehrend aus.

»Nein, nein, mach das nur. Aber weißt du, Tatsachen sind schwerer zu formulieren als erfundene Geschichten.«

»Du wirst das schon machen, ich vertraue dir.«

Honig ums Maul schmieren nennt man das, und es half immer.

*

Zu Felbers Verwunderung nahm Frau Sieber die Nachricht ziemlich gelassen auf. So gleichmütig, dass in ihm sofort der Verdacht aufkeimte, sie könnte etwas mit dem Tod ihres Mannes zu tun haben.

So ein Schwachsinn, fand er gleich darauf, als die Frau sich mühsam setzte und ihre Krücken auf den Boden fallen ließ. Sie hätte doch nie den weiten, beschwerlichen Weg … und dann, das Spannen einer Armbrust war sicher ein kräfteraubendes Unterfangen. Höchstens – sie hatte jemanden beauftragt, die Tat für sie zu begehen. Das hätte aber ein Profikiller sein müssen, und Felber hatte noch von keinem gehört oder gelesen, der sich einer Armbrust bediente, egal, was Kudlich behauptete. Ein, maximal zwei Schuss mit der Pistole und schnell verschwinden, das war es meist.

»Ein Treppenwitz der Geschichte.« Frau Sieber lachte hart auf. »Hubert, ein Mann voller Saft und Kraft, mitten im Leben stehend, sicherlich voller Pläne für die Zukunft, wenn es mich nicht mehr gibt. Und dann das ...« Jetzt kam doch die Emotion durch, sie musste schlucken, und eine Träne rann über ihr Gesicht. »Er stirbt einfach und lässt mich ... wer bringt mich jetzt unter die Erde?«

Nun, das ›so einfach sterben‹ entsprach nicht ganz den Tatsachen. Das versuchte Felber Frau Sieber mit wohlgesetzten Worten vorsichtig beizubringen.

Aber Frau Sieber schüttelte den Kopf. »Nein! Es ist ungerecht. Sterben sollte ich, nicht umgekehrt.«

So tragisch und traurig es war, Felber brauchte Anhaltspunkte, er musste versuchen, Bertl Siebers letzte Stunden aufzuklären.

»Wann haben Sie Ihren Mann das letzte Mal gesehen?«, fragte er und fügte hinzu: »Es wäre wichtig für uns, wir wollen die Schritte Ihres Mannes so weit als möglich nachvollziehen, vielleicht ergibt sich daraus eine Spur zu dem Täter.«

Die Falten auf Frau Siebers Stirne vertieften sich, sie dachte intensiv nach.

Konstanze klapste auf Felbers Oberschenkel, und er blickte hoch. Einige Schritte von ihnen entfernt stand die Haushälterin, steif, Bestürzung im Gesicht, ihr Mund klappte auf und zu, als ob sie etwas sagen wollte.

Als sie Felbers Blick bemerkte, trippelte sie näher.

»Es tut mir leid, so genau kann ich das nicht sagen, ungefähr um achtzehn Uhr, denke ich, hat er kurz hereingeschaut.« Frau Sieber blickte auf. »Ah, Mitzi, gut, dass du da bist. Machst du uns bitte einen Kaffee? Sie trinken doch auch einen?«

»Immer!«, sagte Felber und wunderte sich, dass sie ihrer Haushälterin gegenüber kein Wort vom Tod ihres Mannes fallen ließ.

Mitzi verschwand, obwohl ihr, so dachte Felber, etwas auf der Zunge lag. Wieso erwähnte Frau Sieber nichts gegenüber ihrer Angestellten? Gab es vielleicht Intrigen in diesem Haus? Aber wer gegen wen? Das war schon seltsam, erklären konnte er es sich nicht. Er musste mit dieser Frau Mitzi sprechen, allein.

»Kann Ihre Haushälterin vielleicht mehr zu Bertls Tagesablauf sagen?«, gab er einen Schuss ins Blaue ab.

»Das glaube ich nicht.« Es klang überheblich. »Außerdem, Mitzi ist keine Haushälterin. Sie ist die ältere Schwester von Hubert und hilft uns ein wenig.«

Bertls Schwester? Das war ja völlig neu. Daraus ergaben sich andere Perspektiven. War vielleicht sie die treibende Kraft hinter Bertls Tod? Ging es um mögliche Erbschaften, um Hass zwischen Geschwistern, weil sie sich zurückgesetzt fühlte? Oder trieb die Ehefrau ein undurchsichtiges Spiel, aus eben diesem Grund, nämlich wegen des Nachlasses?

Wie passten dann aber die anderen Toten dazu? Für ihn stand außer Frage, dass der Mörder alle drei auf dem Gewissen hatte. Zwei oder drei verschiedene Täter mit so einer ungewöhnlichen Waffe konnte er sich nicht vorstellen.

Für Felber stand fest, er musste mit der Schwester reden, am besten sofort.

»Dürfte ich kurz Ihre Toilette aufsuchen?« Diesen Satz hatte er in einem Fernsehkrimi gehört, wo der Kommissar dann hektisch die halbe Wohnung nach einem Beweis durchsuchte, ehe man ihn ertappte.

Das würde er nicht tun, Pfeil und Bogen oder gar eine Armbrust glaubte er kaum hier zu finden, aber vielleicht befand sich das Klo neben der Küche, und er konnte mit der Schwester eine kurze Unterhaltung führen.

Felber ging durch einen langen Gang, blickte neugierig in verschiedene Zimmer und blieb überrascht stehen. Die Türe zu einem Raum war nur einen Spalt offen, und neugierig stieß er sie leise auf. Von der gegenüberliegenden Wand blickte ihn eine hölzerne Maske mit verzerrten Gesichtszügen an, daneben hingen schräg zwei Speere, an denen Quasten aus undefinierbarem Material baumelten. Auf der anderen Seite der Maske war ein Bogen befestigt, daneben hing ein Köcher mit einigen Pfeilen. Felber tippte bei den Gegenständen auf afrikanischen Ursprung. Was ihn allerdings am meisten interessierte, war die freie Stelle zwischen Speer und Maske. Zwei Haken befanden sich dort, aber er entdeckte kein Gerät oder eine Waffe, die hier hängen sollte. Grübelnd überlegte er, ob es auch in Afrika Armbrüste gab, als sich hinter ihm jemand räusperte.

»Das ist Huberts Zimmer!«

Frau Mitzi sah ihn an, als ob sie ihm am liebsten einen der Speere ins Herz gestoßen hätte.

Felber entschuldigte sich und meinte, dass er sie suchte und aus reinem Zufall in dieses Zimmer geblickt hätte.

Sie warf ihm einen Blick zu, der wohl ausdrückte, dass sie ihm kein Wort glaubte, drehte sich um und gab mit einer Geste zu verstehen, dass er ihr folgen sollte.

Sie gelangten zu einer großen Küche, ausgestattet mit den modernsten Geräten. Abgetrennt davon standen auf der einen Seite in schrillem Gegensatz zu den chromblitzenden Geräten eine alte Eckbank und ein ebensolcher Tisch, wie sie in alten Bauernhäusern oft zu finden waren. Darüber hingen einige Trophäen von Hirsch, Reh, Gams und als krönender Mittelpunkt der ausgestopfte Kopf eines Elches samt seinem riesigen Geweih.

Schweigend ging sie zu einer Espressomaschine, die in der hintersten Ecke des Raumes stand. Sie ignorierte Felber.

»Entschuldigen Sie«, rief er laut. Die Frau blickte unwillig auf. »Wir sollten kurz miteinander reden, finden Sie nicht?«

Er erntete einen abweisenden Blick, aber dann schien sie es sich zu überlegen und nickte. Eine Plaudertasche dürfte sie nicht gerade sein, dachte er.

»Schön haben Sie es hier«, begann er, um nicht gleich mit der Türe ins Haus zu fallen, »und so geräumig. Kochen Sie hier auch, wenn der Heurige ausgesteckt hat?«

Sie schüttelte nur den Kopf und schwieg. Er unternahm einen weiteren Anlauf.

»Glauben Sie mir, ich hatte nicht die Absicht, Ihr Haus auszuspionieren.«

Ihre Reaktion war ein verächtliches »Pfft!«.

Nächster Versuch, dachte er und wies zu der Geweihsammlung.

»Ich wusste gar nicht, dass Bertl Jäger ist. Hat er die alle selbst geschossen?«

Frau Mitzi nickte. Das wird ein Monolog, dachte Felber, irgendwie muss ich sie doch zum Reden bringen.

»Ich hab auch nicht gewusst, dass er eine Schwester hat.«

»Stiefschwester!«, sagte sie. Endlich! Sie konnte ja doch.

»Wie das?«

»Mutter hat noch einmal geheiratet.« Das stieß sie gepresst hervor, es war ihr sichtlich unangenehm, etwas aus ihrer Vergangenheit preiszugeben.

»Das kommt in den besten Familien vor.« Ein Gemeinplatz, aber was sollte man dazu schon sagen.

»Das sollte es aber nicht.« Endlich kam sie aus sich heraus, ihre Wangen röteten sich, die Augen blitzten. »So etwas ist ungehörig, das darf man nicht. Eine Familie ist heilig, die kann man nicht verlassen, weil einem gerade danach ist. Das habe ich auch Hubert gesagt.« Sie zog ein Taschentuch aus ihrem Schürzensack und schnäuzte sich kräftig.

»Wollte er seine Frau denn verlassen?«

»Immer wieder.« Sie lachte höhnisch auf. »Sie ist, jetzt durch ihre Krankheit noch mehr als früher, eine anstrengende Frau. Alles muss nach ihrem Kopf gehen. Sie bestimmt, was gut und richtig ist.«

»Aber wieso? Ich denke, wenn man verheiratet ist, setzt man sich zusammen, beratschlagt und diskutiert, um gemeinsam das Beste zu erreichen. Da verstehe ich die Frau nicht.«

»Sie hat das Geld.«

Felber pries sich glücklich, dass er und Konstanze dieses Problem nicht hatten.

»Aber, Frau …« Das Wort »Mitzi« brachte er nicht über seine Lippen. Er fand es zu intim einer Frau gegenüber, die er gerade erst kennengelernt hatte.

»Sagen Sie Maria zu mir«, half sie ihm.

»Danke! Ich meinte, jetzt nach dem Tod Ihres Bruders … Sie sind doch gut versorgt, erbberechtigt und so?«

Sie zuckte mit den Achseln. »Keine Ahnung. Darüber wurde nie gesprochen. Wir werden sehen.«

Felber überlegte. Wenn Bertl wirklich ohne Vermögen gewesen war, konnte er die potenziell Verdächtige Frau Mitzi gleich wieder aus seiner Liste streichen. Meistens ging es bei solchen Verbrechen um Geld, aber auch um Zurückweisung oder Liebe – verschmähte Liebe. Natürlich war Rache, die verschiedenste Gründe haben konnte, nicht auszuschließen. Aber um darüber etwas aussagen zu können, wusste er noch zu wenig.

»Sie wollten doch vorhin im Wohnzimmer etwas sagen. Verraten Sie mir, was?«

Frau Mitzi schüttelte den Kopf. »Etwas Privates, das geht Sie nichts an«, sagte sie gepresst. Sie misstraute ihm, was an sich kein Wunder war. Er musste ein anderes Thema aufgreifen, bezweifelte aber, dass es harmloser war.

»Diese Waffen und die Maske, woher stammen die?«

»Südafrika!«, entgegnete sie knapp.

»Von Bertl?«

Sie nickte, schwieg und bequemte sich dann doch zu einer Antwort.

»In seiner Jugend lebte er einige Jahre dort unten.«

Egal, was jetzt geschah, diese Frage musste er ihr noch stellen. »Was hing an diesen Haken neben den Speeren?«

Mit unergründlichem Blick sah sie ihn an, dann lächelte sie. »Eine Tasche aus Leopardenfell.« Sie zuckte mit den Schultern. »Wo die hingekommen ist, weiß ich nicht. Das klingt mysteriös, oder?«

Eine Leopardenfelltasche? Lächerlich! Das konnte sie ihrer Großmutter erzählen. So naiv, wie sie tut, ist sie nicht, dachte Felber, da steckt mehr dahinter. Doch wie er das aus ihr herausbekommen sollte, wusste er nicht. Er legte dieses Problem einmal zur Seite und stellte die nächste, seiner Meinung nach unverfängliche Frage.

»Können Sie mir sagen, ob und vor allem wann Sie den Bertl zuletzt gesehen haben?«

Frau Mitzi runzelte die Stirn. »Das muss so um halb sechs am Abend gewesen sein. Ich hab gerade für die ›Gnädige‹ das Essen gekocht. Da hat er zu mir in die Küche geschaut. Gut aufgelegt war er. ›Maria‹, hat er gesagt, nie verwendete er das Wort ›Mitzi‹ wie seine Frau, ›jetzt wird bald alles anders, besser, viel besser‹, hat aber kein Wort darüber verloren, wodurch. Eine Stunde später ist er dann aus dem Haus gegangen, fein angezogen mit Anzug und Krawatte. Mehr kann ich Ihnen leider nicht sagen.«

Felber nickte und begann zu rechnen. Wo hatte Bertl sich in diesen Stunden wohl herumgetrieben? Wann könnte der Mord geschehen sein?

Sicherheitshalber fragte er noch: »Entschuldigen Sie, wo waren Sie gestern Abend, in der Nacht und in den frühen Morgenstunden?«

Erstaunt sah Frau Mitzi ihn an, dann zog ein Lächeln über ihre Lippen. »Hier! Ich war hier, die ›Gnädige‹ braucht schließlich eine Rundumbetreuung.«

Felber blickte sie verlegen an. Es war ihm sichtlich unangenehm.

»Kommen Sie!« Von Schüchternheit oder Betretensein war bei Frau Mitzi nichts mehr zu sehen. »Gehen wir zurück ins Wohnzimmer, sonst wird der Kaffee noch eiskalt.«

Kapitel 18

»Diese Frau Sieber kann einem schon leidtun«, meinte Konstanze, als sie sich nach einem bescheidenen Abendessen auf das Sofa setzten. »Ich stelle mir das schrecklich vor zu wissen, dass man bald sterben muss und dagegen nichts unternehmen kann.«

»Hm!«

Felber war nicht ganz bei der Sache, ihn ärgerte noch immer, dass er vergessen hatte, auf dem Heimweg im Supermarkt einzukaufen. Dabei gab es dort die fantastische Chorizo-Wurst und noch dazu im Sonderangebot. So hatte er sich mit zwei Käsebroten zufriedengeben müssen.

»Und dann kommt noch das mit ihrem Mann dazu. Was würdest du …«

»Entschuldige!« Felber sprang auf. Er brauchte unbedingt noch etwas Nahrhaftes. »Ich hol mir ein Bier, willst du auch was trinken?«

Konstanze runzelte die Stirn. Felber war sich nicht sicher, ob sie nachdachte oder nicht erfreut war über die Unterbrechung.

»Ein Glas Wein ist vielleicht nicht schlecht«, sagte sie schließlich, und Felber, um nur ja keine Unstimmigkeit aufkommen zu lassen, verbeugte sich devot.

»Sehr wohl, Madame, kommt sofort.«

»Andererseits ist sie eine sehr starke Persönlichkeit.« Sie nippte an dem Glas Rotwein und nickte anerkennend.

»Manchmal ist sie sehr bestimmend, und da hatte ich das unheimliche Gefühl, dass sie etwas verschweigt. Und dann ihr plötzlicher Hochmut … wie sie zum Beispiel mit ihrer Angestellten umging …«

»… die gar keine ist«, unterbrach Felber sie. Verflixt, das hatte er vergessen zu fragen. Obwohl es keinen Unterschied machte, wahrscheinlich.

Dann erzählte er Konstanze von der Stiefschwester des Hubert Sieber, die seiner Meinung nach ebenso eine gespaltene Persönlichkeit in sich vereinte wie die Ehefrau.

»Anfangs war sie schüchtern, scheu und entwickelte sich im Laufe unseres Gesprächs zu einer bestimmenden Person.«

»Ah, in der Küche warst du also«, lachte Konstanze, »ich dachte schon, dass du am Klo eingeschlafen bist.«

»Ich bitte dich!«, protestierte er.

»Ich weiß übrigens noch etwas Interessantes von Frau Sieber. Sie besitzt einen motorisierten Rollstuhl. Um kleine Besorgungen erledigen zu können, wie sie meinte. Du siehst also, was man alles erfährt, wenn man stundenlang auf Mann und Kaffee warten muss.«

Jetzt wäre ein Protest angebracht gewesen. Es hatte sich doch höchstens um Minuten gehandelt.

Er entschloss sich dagegen. Viel wichtiger war, dass sie mit diesen Neuigkeiten zwei potenzielle Verdächtige hatten.

*

Weiner sah blass und übermüdet aus, als sie das Büro in der Inspektion betraten.

»Alfred, du darfst dir den letzten Mord nicht so zu Herzen nehmen«, sagte Konstanze mitleidig.

»Tu ich doch nicht«, entgegnete er.

»Ah so, dann hast du eine heiße Nacht gehabt?«, fragte Felber.

Alfred schlug die Augen nieder und schüttelte den Kopf.

»Was dann?« Felber ließ nicht locker. »Wo treibst du dich herum, dass dir am Morgen der Schlaf aus den Augen sieht, ha?«

»Sicherheitsdienst, Security«, murmelte Alfred.

»Bist du bescheuert? Schlägst dir so die Nacht um die Ohren? Wir brauchen dich hier, frisch und ausgeruht.«

»Und ich brauche das Geld. Ist eh nicht alle Tage.« Alfred sah Felber bittend an.

»Sag einmal, bist du unter die Spieler geraten, dass du mit deinem Verdienst nicht mehr auskommst? Poker, Wettlokale vielleicht?«

»Entschuldige, Günter, ich bin doch nicht vollkommen plemplem.« Weiner zuckte mit den Achseln und lächelte schuldbewusst. »Sagen wir so, ich brauche das Geld, um mir einen großen Wunsch zu erfüllen.«

»Ah, da schau her. Was ist es? Auto, Weltreise, ein neuer Anzug?«

Konstanze kicherte schon die längste Zeit und griff nun nach Felbers Arm.

»Lass ihn endlich. Er wird es uns schon zur rechten Zeit sagen.«

Er sah sie verständnislos an. Solche gravierenden Vorkommnisse sollten doch gleich geklärt werden. Er wollte es sofort wissen. Konstanze deutete zu Weiner und formte mit ihren Fingern ein Herz.

Alfred? Verliebt, verlobt und vielleicht bald verheiratet? Jetzt dämmerte es ihm. Die Einladung – bevor der dritte Mord geschah. Aber jetzt war nicht der richtige Moment, die Zeit mit solchen Kleinigkeiten zu vertrödeln.

Kleinigkeiten – Felber musste schmunzeln.

Trotzdem hieb er mit der flachen Hand auf den Tisch und schrie: »Du kannst tun und lassen, was du willst, Alfred, aber nicht jetzt. Ich kann es auch nicht. Wir haben drei Morde aufzuklären. Und jetzt an die Arbeit.«

Hatte er bewusst nicht daran gedacht, wie er sich als junger Polizist abrackerte, damals, als er und Monika heiraten wollten und verzweifelt nach einer günstigen Wohnung suchten? Schon damals gab es so etwas kaum in Mödling. Auch später nicht, als Monika sich scheiden ließ. Da musste er wieder bluten, was nur durch zusätzliche Arbeit möglich war. Doch solche Probleme vergisst man gerne und will sich daran nicht mehr erinnern.

Deshalb der Hieb auf den Tisch und die erbarmungslose Aufforderung, an die Arbeit zu gehen.

Objektiv war es ja wirklich nötig, den oder die Mörder zu fassen, ehe die halbe Bevölkerung keinen Schritt mehr in einsame Gassen setzte und ein anderer Teil Spaziergänge in der wunderschönen Natur nur mehr aus Erzählungen kannte.

Als verdächtig galten die Frau von Bertl Sieber, seine Stiefschwester, die unbekannte Hausbesitzerin und jene geheimnisvolle Person, die sich im Grundbuchsamt an einem bestimmten Akt zu schaffen gemacht hatte.

In Felber wuchs immer mehr die Gewissheit, dass die drei Morde zusammenhingen, trotz des zeitlichen Abstandes von der ersten bis zur zweiten Bluttat. Nur die offene Frage des »Wie?« bereitete ihm nach wie vor Kopfzerbrechen.

Seit Konstanze ihm berichtet hatte, dass Frau Sieber einen motorisierten Rollstuhl besaß, kam sie zumindest für den Mord an ihrem Ehemann infrage. Mit so einem Gefährt kam man sicher auch die steile Straße, die »Goldene Stiege«, hinauf, und dass sie genügend Kraft zum Spannen der Armbrust hatte, merkte er an ihrem Händedruck, als sie sich gestern verabschiedeten.

Er glaubte zwar nicht an ihre Schuld, seiner Meinung nach hätte sie eher ihre Rivalin gemeuchelt, aber was weiß man schon, was im Kopf einer Frau vorgeht.

Interessanter war da schon die Stiefschwester. Sie war kräftig, beweglich und flink auf den Beinen. Ihren Gemütszustand konnte er nicht einschätzen, sie hatte sich zu verwirrend verhalten. Aber dass es unter ihrer Schweigsamkeit brodeln konnte, sich aus ihrer Zurücksetzung Wut und Rachegedanken den Weg bahnten, war nicht von der Hand zu weisen. Und die darauf folgende Explosion wäre möglich und fast verständlich.

Das hieß aber dann, dass der Mord an Bertl mit den beiden anderen nichts zu tun hatte.

Diese theoretischen Überlegungen gefielen Felber überhaupt nicht. Zwei oder gar drei verschiedene Mörder passten nicht in sein Konzept. Obwohl es sehr verlockend war, allein wenn man die Zeitabstände betrachtete. Fiesler vor zwölf Jahren, Doktor Meier vor zwei Monaten und Bertl Sieber vor zwei Tagen. Welcher Mörder hatte schon so lange Geduld? Waren es vielleicht doch zumindest zwei Täter, die aus Zufall die gleiche Waffe einsetzten? Davon wollte er nichts wissen.

Also mussten sie weiter nach Querverbindungen suchen.

*

Es war frustrierend. Felber meinte, einen riesigen Heuhaufen vor ihnen liegen zu sehen, den sie jetzt Halm für Halm umdrehen, begutachten und aussortieren mussten. Wie sollten sie das schaffen? Es erinnerte ihn gleichzeitig an jenen Mann in der griechischen Mythologie – Sisyphos – der vom

Totengott bestraft wurde, einen Felsblock den Hang hinaufzurollen, aber damit nie oben ankam und immer wieder von vorne beginnen musste.

Das, so schwor Felber sich, würde ihm nicht passieren. Diese Aufgabe mussten er, Konstanze und Alfred bewältigen. Sie brauchten nur ein bisschen Glück. Dass ein erfolgreicher Ermittler dieses hatte, davon war er überzeugt. Und zu jenen zählte er sich selbstverständlich.

Nachdem er sich mit diesen Gedanken selbst aufgebaut hatte, atmete er einmal tief durch.

»Wir schaffen das, ihr werdet sehen«, rief er motivierend, seine Hand sauste auf den Tisch und drei, vier Akten auf den Boden.

Davon durfte er sich aber nicht aufhalten lassen. Das Eisen musste man schmieden, solange es heiß war.

»Alfred, diese Grundbuchsache – hast du da schon irgendetwas herausbekommen?«

»Negativ!« Weiner schüttelte den Kopf. »Wie sollte ich auch, jedes Mal, wenn ich mich damit intensiver beschäftigen will, geschieht ein Mord. Aber Lieselotte hat mir versprochen, alleine weiterzuforschen.«

Sieh an, diese geheimnisvolle Lieselotte. Es wäre reizvoll, sie kennenzulernen, dachte Felber. Auch Konstanze schmunzelte.

»Gut, Alfred, dann konzentrierst du dich auf diese Sache. Aber bitte nicht ausschließlich auf Lieselotte. Du weißt, wir brauchen Ergebnisse, damit wieder Normalität in unsere Räume einkehren kann.«

Er konnte es sich nicht verkneifen hinzuzufügen: »Abmarsch!«

Weiner schien dieser Kommandoton unter gleichen Diensträngen ausnahmsweise nichts auszumachen. Möglich auch, dass er ihn gar nicht wahrnahm. Er packte seine Sachen und wollte sich auf den Weg machen.

Wie schon öfter bei diesem Fall fiel Felber noch etwas ein.

Schon fast bei der Türe angelangt, rief er ihn noch einmal zurück. »Sag, wo ist eigentlich der Bericht der Spurensicherung bezüglich des Rechtsanwalts?«

»Den hab ich doch auf deinen Tisch gelegt.« Weiner zeigte sich leicht genervt.

»Da ist er aber nicht.«

Alfred wurde pampig. »Ist ja kein Wunder, dass du in diesem Sauhaufen nichts findest.«

»Ha! Auf meinem Tisch herrscht geordnetes Chaos. Das bringst höchstens du durcheinander.«

»Das ist eine hundsgemeine Lüge. Ich bin einer der wenigen sorgfältigen Menschen.« Weiner stöhnte auf. »Warte, ich helfe dir suchen.«

»Nicht auf meinem Tisch, sonst finde ich überhaupt nichts mehr«, schrie Felber.

Hektisch durchforsteten sie den Papierstapel. Schließlich fand die Mappe sich unter einem leeren Säckchen von der Bäckerei auf Konstanzes Tisch.

»Ich habe keine Ahnung, wie die hierhergekommen ist«, rief sie verdattert.

»Vielleicht war's die Putzfrau«, meinte Weiner, dann stahl sich ein spitzbübisches Lächeln auf sein Gesicht. »Oder wir haben Heinzelmännchen hier im Raum, die uns Arbeit abnehmen wollen.«

»Ich will es gar nicht wissen«, rief Felber und verzog sich, den Akt unter seinen Arm geklemmt, zu seinem Tisch.

»Ah ja«, meinte er und klopfte auf die Mappe, »und hier bleibt er auch liegen, wie auch der vom Schießstand. Haben wir den schon?«

Alfred schüttelte den Kopf. »Sollte aber bald kommen.«

Konstanze wartete, bis Weiner das Büro verlassen hatte, dann trat sie zu Felbers Tisch.

»Du, ich weiß wirklich nicht, wie …« Felber winkte mit einer gönnerhaften Geste ab.

»Sehr viel steht eh nicht drinnen«, versuchte Konstanze, sich zu verteidigen, »oder ist dir etwas aufgefallen?«

»Spusiberichte sind immer wichtig«, meinte Felber in lehrerhaftem Ton. »Aber nein, in dem Fall – Doktor Kudlich hat mich gebeten nachzusehen … er hat nämlich eine Behauptung aufgestellt und wollte wissen, ob er richtiglag.« Er blätterte die wenigen Seiten durch.

»Tatsächlich! Da steht es. Höchstwahrscheinlich eine Luger Parabellum. Hat der alte Fuchs doch recht gehabt. Kompliment!«

»Klärst du ein unwissendes Mädchen auf?«

Also erzählte er ihr von Kudlichs jugendlichem Vorhaben, als hartgesottener Revolverheld in die Geschichte eingehen zu wollen.

»Sein Großvater besaß so eine Parabellum, und damit hat Klein-Kudlich anscheinend herumgeballert, was Groß-Kudlich noch immer schwer zu beeindrucken scheint«, schloss er.

»Und wie hilft uns das jetzt weiter?«

»Überhaupt nicht. Wo sollen wir nun eine solche Pistole auftreiben und nachweisen, dass damit vor Monaten geschossen wurde.« Er hob die Hand. »Ich weiß schon, man kann unter dem Mikroskop die Projektile vergleichen, aber was nützt uns das, ich kann ja nicht ohne schwerwiegenden Verdacht Siebers Anwesen durchsuchen. Von den anderen möglichen Tätern, von denen wir nicht einmal wissen, wer sie sind, ganz zu schweigen.«

»Und das heißt jetzt?«

»Klinken putzen, meine Liebe. Die Leute befragen, die in der Nähe des Schießstandes wohnen, so, wie wir es im Haus des Rechtsanwaltes getan haben.«

»Na gut, wenigstens muss ich diesmal nicht allein gehen«, seufzte Konstanze.

»Das ist mir jetzt unangenehm. Ich muss noch zu Doktor Kudlich. Aber ich unterstütze dich, so schnell ich kann.«

Das hatte Konstanze befürchtet. War der »Chef«, ihr Bär, sich zu gut für so niedrige Arbeiten, die außer kilometerlangem Fußmarsch und desolaten Absätzen nur riesige Blasen an zarten Frauenfüßen brachten? Meist waren die Ergebnisse den Aufwand kaum wert.

Obwohl, das musste sie eingestehen, die Befragung im Haus des Rechtsanwaltes doch zu einem Resultat geführt hatte. Jetzt wussten sie wenigstens, dass er nächtliche Damenbesuche gehabt hatte, kannten die ungefähre Beschreibung der Frau, aber ein genaueres Bild dieser Dame scheiterte am Unvermögen der Zeugin, sich vom Interesse an sogenannten Prominenten zu lösen.

Es war Zeit, einen handfesten Streit vom Zaun zu brechen. Ein Vorgesetzter sollte auf seine Untergebenen eingehen, ihnen hilfreich zur Seite stehen und nicht, wenn sie schufteten, Spazierfahrten unternehmen oder mit Doktoren unnötiges Geplauder führen.

Sie hatte schon ihren Mund zu einem geharnischten Protest geöffnet, sah das Blitzen in seinen Augen und schaltete schnell auf Schmollen um.

»Das schaffe ich nicht allein, mein Bär. Weißt du was? Wir fahren zuerst zu Kudlich, und dann machen wir gemeinsam die Befragungen, ja?«

Felber war so perplex, dass sie freiwillig mit ihm in die unheimlichen Katakomben des Spitals gehen wollte, dass er nur nicken konnte.

*

»Das ist ja eine Überraschung!«, rief Doktor Kudlich, und eine leichte Röte zog über sein Gesicht. »Hat man Sie gefesselt und mit brutaler Gewalt hergeschleppt?«

Er stolperte zu seinem Schreibtisch und wischte seine Hände an einem, man könnte es vornehm formulieren, nicht ganz sauberen Handtuch ab.

»Geben Sie mir die Ehre, junge Frau, einen kleinen Willkommensschluck zu nehmen?« Während er faselte, goss er sich selbst eine kräftige Ration in seine Phiole.

Felber bemerkte, dass dessen Hände leicht zitterten. Waren das Entzugserscheinungen? Er konnte es nicht glauben, hatte der Doktor den Schnaps doch immer griffbereit zur Hand.

»Ihr müsst schon entschuldigen«, meinte Kudlich und begann, leise zu fluchen, da einiges der kostbaren Flüssigkeit auf der Schreibtischplatte landete. »Ich bin ein wenig aufgeregt. Damenbesuch in meiner Klause ist schon lange nicht mehr vorgekommen. Lebender Damenbesuch, meine ich.« Er begann, dröhnend zu lachen, und löste dadurch wie üblich einen heftigen Hustenanfall aus.

Er entschuldigte sich nochmals und hielt Konstanze eines seiner Uringläser hin.

»Vielen Dank, Herr Doktor«, wehrte sie ab. »Wir haben anschließend noch Zeugen zu befragen, und es macht sich sicher nicht gut, wenn ihnen dabei eine Schnapsfahne ins Gesicht weht. Wäre für das Image der Polizei eher abträglich.«

»Ach, Sie sind genauso ein Spaßverderber wie Günter«, mokierte Kudlich sich.

»Weißt du«, wandte Felber sich zu Konstanze, »der Doktor ist ein Luder. Er versucht immer wieder, uns mit Alkohol zu verführen. Keine Ahnung, was er vorhat, wenn wir betrunken und bewusstlos daliegen. Vielleicht schneidet er uns dann auf, um pseudowissenschaftliche Forschungen durchzuführen.«

»Bei dir, Günter, könnte ich höchstens eine Fettleber feststellen«, lachte Kudlich und bekam den nächsten Hustenanfall.

»Genug der Scherze, Doktor«, wurde Felber wieder ernst, »wir haben heute noch viel Arbeit vor uns. Gibt es bei unserem Freund Sieber etwas Außergewöhnliches zu berichten?«

»Nun«, sagte Kudlich und ging zu der Wand, in der die Kühlboxen mit den Verstorbenen untergebracht waren, »seht ihn euch nochmals an.« Er bückte sich, um die Schublade zu öffnen.

Was bezweckt er damit, dachte Felber sich, will er, dass Konstanze schreiend davonläuft oder hier auf der Stelle zusammenbricht?

Sie tat dem Doktor jedenfalls nicht den Gefallen. Interessiert beugte sie sich zu dem Leichnam hinunter.

»Ist eigentlich gar nicht schlimm«, flüsterte sie, »alles ganz sauber und rein.« Etwas lauter setzte sie hinzu: »Das Einzige, was mich stört, sind der Y-Schnitt und die Naht.«

»Alles Handarbeit«, rief der Doktor, und man konnte nicht sagen, ob Stolz mitschwang.

»Um darauf zurückzukommen«, fuhr Kudlich fort, »das Außergewöhnlichste an der ganzen Sache ist die Mordwaffe. Ein gezielter Schuss ins Herz. Übrigens – euer Herr Sieber hat sich vorher noch anständig in die Hose gemacht.« Er schwieg kurz. »Was an sich verständlich ist, wenn man weiß, dass man gleich in den Himmel oder sonst wohin fährt.«

Dazu wollte Felber sich nicht äußern.

»Ja, und was die anderen Verletzungen angeht«, er hob die Arme nacheinander in die Höhe, »die bekam er post mortem, die spürte er nicht mehr. Umgefallen ist er auch nicht, er hing fest an dem Pfeil, der das Herz durchbohrte. Die Arme hat man dann wahrscheinlich mit einem Strick in die Höhe gezogen, um danach Zielübungen abzuhalten. Diese Extremitäten sind hier und da angekratzt, und die Spurensicherung hat sicher festgehalten, dass es einige frische Löcher rund um den Körper gibt. So gesehen, war nicht jeder Schuss ein Treffer. Der Mörder hat beim ersten Mal Glück gehabt.« Betreten schwieg er und räusperte sich dann. »Das mit dem Profikiller muss ich jetzt wohl zurücknehmen, Günter.«

Konstanze war nun doch ein wenig weiß um die Nase. Die ausführliche Schilderung wäre nicht notwendig gewesen.

Felber runzelte die Stirn. »Na ja, und wie hilft uns das jetzt weiter?«

»Mir überhaupt nicht. Schlüsse daraus zu ziehen, ist allein deine Aufgabe, Günter. Und natürlich deiner entzückenden Partnerin«, beeilte er sich hinzuzufügen. »Für mich ist der Fall praktisch abgeschlossen. Kann nicht auch noch Detektiv spielen.«

»Ja, klar, natürlich, der Doktor hat Besseres zu tun.« Felber hörte sich ein wenig verzagt an. Aus dieser sicher nicht ganz ernst gemeinten Rüge klang Verzweiflung durch, an diesem undurchsichtigen Fall.

»Du sagst es, mein Lieber. Und im Vertrauen – darüber bin ich wirklich froh.«

»Ha!«, unterbrach Felber das entstandene Schweigen plötzlich und schlug sich mit der Hand auf die Stirne. »Etwas musst du uns schon noch verraten, Doktor, ehe du dich wieder interessanteren Themen zuwenden kannst, der Todeszeitpunkt wäre vielleicht eine große Hilfe.«

»Habe ich dir den noch nicht gesagt?« Kudlich sah ihn irritiert an. »Da sieht man wieder, Günter, wir werden alt.«

»Du vielleicht, ich fühle mich noch jung und spritzig. Also …?«

»Mein Freund, ich glaube, du willst es nur nicht wahrhaben.« Mit einem Blick auf Konstanze fügte er noch schnell hinzu: »Nein, schaust eh noch gut aus. Aber …«, kam wieder sein schwarzer Humor zum Vorschein, »… um alle Klarheiten restlos zu beseitigen, der Tod des Herrn Sieber ist zwischen Mitternacht und ein Uhr früh eingetreten. Genauer will ich mich nicht festlegen, das hängt zu sehr von den Witterungseinflüssen ab.«

Felber seufzte. Die Anspielung auf sein Alter hatte ihn getroffen. Und die nicht so berauschenden Ergebnisse der Obduktion und seiner eigenen Ermittlungen versprachen auch nicht sehr viel. So niedergeschlagen hatte er sich schon lange nicht gefühlt.

Die Rettung kam in der Gestalt von Konstanze. Sie boxte ihn in die Seite. »Komm, mein Bär. Wir suchen jetzt potenzielle Zeugen. Du wirst sehen, irgendjemand weiß etwas, das uns in gerader Linie zum Mörder führt. Ich spüre das.«

Felber zuckte die Achseln, winkte Doktor Kudlich zu und trabte Konstanze folgsam nach.

*

Am nächsten Morgen wollte Felber die unzusammenhängenden Notizen der Befragungen an Weiner zur Komprimierung und Auswertung weiterleiten, aber Alfred war nicht da.

»Muss man denn alles selber machen?«, schrie er durch den leeren Raum.

Die Türe zum Büro öffnete sich – na endlich!

Nein, das konnte nicht Alfred sein, der donnerte die Türe doch immer gegen die Wand. Felber blickte genervt hoch.

Konstanze erschien mit zwei Bechern in der Hand. Obwohl er nach Kaffee lechzte, das musste er noch loswerden.

»Dieser Alfred tanzt wirklich auf meinem Nervenkostüm herum. Monatelang sitzt er, wenn wir kommen, schon vor dem Computer, obwohl das gar nicht notwendig wäre, starrt auf den Bildschirm, als ob das Orakel von Delphi sich darauf befände, aber wenn man ihn einmal braucht, ist er nicht da. Es ist zum Verrücktwerden.«

»Aber du hast ihn doch mit dieser Grundbuchsache beauftragt«, meinte Konstanze sanft.

Oha! Wie konnte er das vergessen? Er begann, sich ernsthaft Sorgen um sein Gedächtnis zu machen. Soweit er sich erinnerte, war ihm das nun schon einige Male passiert. Aber – wieso konnte er sich dann daran erinnern, dass er sich an bestimmte Dinge nicht erinnerte? Es war verwirrend.

Felber fuhr sich mit beiden Händen über das Gesicht. Nun, zumindest schien es nicht lebensbedrohend zu sein, vielleicht nur ein Wackelkontakt bestimmter Nervenzellen, ausgelöst durch … durch …Arbeitsüberlastung! Das musste es sein! Schließlich machte er alles selbst – na ja, fast alles. Es gab da doch ein Wort, das umschrieb, was man sich nicht selbst aufladen sollte – er hoffte, dass es ihm einfiel –, natürlich: »delegieren«! Er musste mehr delegieren, die anderen mehr arbeiten lassen, sein Gedächtnis entlasten.

Aber – wenn er die Fäden nicht mehr so straff in den Händen hielt, hieße das nicht, dem Mörder einen Riesenvorsprung zu gewähren?

Er musste es einfach versuchen. Keine leichte Entscheidung, aber er hatte doch eine gute Truppe.

Er lehnte sich in seinem Sessel zurück und verschränkte die Arme im Nacken.

»Konstanze, fasst du bitte die Daten unserer Befragungen zusammen? Da Alfred nicht da ist, musst du es wohl alleine machen.«

Konstanze sah ihn mit großen Augen an.

»Und du?«

»Ich muss nachdenken.«

»Das geht nicht.« Sie schüttelte den Kopf. »Ein wenig musst du mir schon helfen, alleine schaffe ich das nicht.«

So viel zu dem Wort »delegieren«.

Kapitel 19

Im Prinzip wäre diese Schreibarbeit nicht nötig gewesen. Das sah Felber ein, als sie ihre Notizen verglichen. Die Ausbeute von stundenlanger Arbeit war, gelinde gesagt, mager. Nur vier, fünf Leute hatten etwas beizutragen – wenn man ihren Aussagen trauen konnte.

Zwei oder drei konnten sich an einen elektrischen Rollstuhl dunkel erinnern, den sie auf der Hauptstraße oder der FUZO gesehen hatten, nur eine Frau war sich ganz sicher. »Jeden Tag sehe ich die arme Frau, wenn sie und ihr Hund den Berg heraufrollen. Es ist schon tragisch, die eigenen Füße nicht in die Hand nehmen zu können.«

Was übersetzt so viel hieß, dass es ein Segen war, gehen zu können, und es vorzuziehen war, seinen PKW oder den Bus zu nützen, wo man jederzeit aus-, um- oder sonst wohin steigen konnte.

Das war ein Erfolg. Es schien tatsächlich so, dass Frau Sieber aktiv genug war, um täglich Ausflüge zu unternehmen.

Nur mit dem Hund hatte Felber Probleme. Obwohl er schon einige Male im Haus der Siebers gewesen war, ein Tier hatte er dort nie gesehen.

Etwas ließ ihn noch aufmerksam werden. Konstanze hatte den Ober eines Lokals in der Nähe des Schießstättenweges befragt. Der konnte sich an eine ältere Frau erinnern, die ihn vor einigen Tagen, als er gerade vor der Türe eine Rauchpause einlegte, fragte, wohin dieser Weg führe. Auch eine Personenbeschreibung hatte er parat. Stämmige Figur, faltiges Gesicht, graue Haare, die zu einem altmodischen Knoten geformt waren.

Das alles erinnerte ihn an die Frau, die er auf den ersten Blick als Haushaltshilfe abgestempelt hatte, an die Schwester von Bertl Sieber.

Die beiden Frauen hatten ihn möglicherweise angelogen. Dann stellte sich jedoch die Frage, handelten die beiden Frauen gemeinsam, um den ungeliebten Mann und Bruder loszuwerden? Oder nur eine, und die zweite war durch bloßen Zufall ebenfalls hier in dieser Gegend gesehen worden?

Die Theorie, zu zweit agiert zu haben, fand Felber besser. Man tat sich mit allem leichter, man war in der Überzahl, der Überfallene war sicher ängstlicher als bei nur einer Person, und Schiss hatte Sieber gehabt, das hätteDoktor Kudlich deutlich zum Ausdruck gebracht.

Das Problem war die Waffe. Die konnte man nicht einfach im Hosensack oder in einer Handtasche mitnehmen, die war um einiges größer, sperriger, dazu brauchte man sicher eine Reisetasche oder eine Schutzhülle. Felber hatte zwar keine Ahnung, wie eine Armbrust genau aussah, aber allein nach der Größe der Pfeile zu schließen, schien es ein unhandliches Gerät zu sein.

Es war nur eine von vielen Vermutungen, aber jeder kleinsten Spur musste man nachgehen.

Er durchsuchte noch einmal die Aufzeichnungen. Der Kellner und die eine Zeugin hatten nichts über Taschen, Koffer oder sonstige Behältnisse gesagt.

Verdammt! Sie hatten vergessen, direkt danach zu fragen, waren nicht auf die Idee gekommen.

So ein sperriges Mordwerkzeug war ja auch eine seltene Ausnahme.

Bei diesen beiden Leuten musste er noch einmal Erkundigungen einholen. Er blickte auf die Uhr. Kurz nach eins – Mittagszeit. Sollte er gleich losfahren oder zuerst essen? Er horchte in sich, doch das zweite Gehirn, sein Bauch, gab keine Antwort.

Er musste also selbst eine Entscheidung treffen.

»Was gibt's denn heute zu essen?«, rief er.

Konstanze schreckte von ihrer Schreibarbeit auf.

»Essen? Ist es schon so spät? Tut mir leid, mein Bär, wir müssen mit den Resten von gestern vorliebnehmen. Ich kann sie nur mit etwas geriebenem Käse und vielleicht einer Semmel aufbessern. Dazu müsste ich aber schnell in den Supermarkt laufen. Hältst du es so lange aus?«

Damit war die Entscheidung gefallen.

»Lass dir Zeit«, beruhigte er sie, »ich muss sowieso noch einmal weg. Wir haben nämlich etwas Entscheidendes zu fragen vergessen. Ist dir genau so wenig in den Sinn gekommen wie mir, nach der Armbrust zu fragen. Ist schließlich kein alltägliches Gerät, das man einfach so mit sich herumschleppt.«

Konstanze stand von ihrem Sessel auf und gab ihm einen Kuss.

»Du denkst an alles«, nickte sie anerkennend.

Felber lächelte geschmeichelt.

»Danke! Ich scheine ja doch nicht zu verblöden.«

»Wer das von dir denkt, bekommt es mit mir zu tun«, lächelte sie. »Und jetzt beeile dich, ehe der Hunger dir die ganze Kraft nimmt.«

*

»Nein. Nicht einmal eine Handtasche hat die Frau mitgehabt.« Der Himmel war bewölkt, ein kühler Wind blies durch den Gastgarten. Hastig zog der Kellner an seiner Zigarette und hatte die Stirne nachdenklich in Falten gelegt. »Wissen Sie, man macht sich nachträglich so seine Gedanken. Schließlich wird man ja nicht jeden Tag von der Polizei befragt. Mir ist dabei noch etwas eingefallen, das heißt, aufgefallen. Die Frau hatte einen eigenartigen Akzent, als ob sie Ungarin wäre. Jedenfalls hatte ich sie vorher noch nie gesehen, und Leute, die öfter hier wandern gehen, kennt man mit der Zeit.« Er sah Felber prüfend an und lächelte. »An Sie kann ich mich auch nicht erinnern.«

»Kein Wunder«, schmunzelte Felber, wurde aber gleich darauf ernst, weil er an die Begebenheiten vor zwei Jahren erinnert wurde, als seine Ex-Frau unweit von hier …

Kurz erfüllte ihn Trauer, aber er bemerkte, dass dieses Trauma verarbeitet war, nur mehr als Nachklang existierte, wegen eines Menschen, der zu Tode gekommen war.

»Sie arbeiten aber noch nicht so lange hier, glaube ich«, meinte er mit belegter Stimme, und der Mann nickte.

»Nun gut. Sollte Ihnen noch etwas einfallen, und sei es noch so eine Kleinigkeit, der Sie keine Bedeutung zumessen, rufen Sie mich an, ja?« Felber fischte aus seiner Sakkotasche eine überaus hässliche Visitenkarte hervor, in einem Anfall von Wahn und Überheblichkeit selbst entworfen und produziert, und reichte sie dem Kellner.

Mit Stirnrunzeln nahm dieser sie entgegen, und Felber wusste nicht, hatte der Mann angesichts des Machwerkes einen Schock erlitten oder dachte er einfach nach, ob es noch etwas zu berichten gab.

Mit einem Nicken verabschiedete er sich. Die Frau, die er wegen des Hundes und dem Rollstuhl sprechen wollte, wohnte ein Stückchen unterhalb des Gasthauses.

»Herr Inspektor!«, rief der Kellner plötzlich, und Felber

drehte sich um. »Jetzt erinnere ich mich wieder. Ihre Kollegin fragte doch auch nach einer Frau im Rollstuhl. Ich hatte das einfach verschwitzt. Es gibt tatsächlich eine. Sie kommt regelmäßig herauf und fährt dann den Schießstättenweg entlang. Sie hat so einen lieben Begleiter. Tiere sind ja wirklich …« Er riss die Augen auf und deutete mit der Hand nach vor. »Ha! Da kommt sie ja. Jetzt können Sie sich gleich selbst mit ihr unterhalten.«

Langsam drehte er sich um. Tatsächlich! Gemächlich rollte ein Gefährt die Straße herauf. Von der Frau konnte er nicht viel erkennen. Ein Sonnenhut mit herunterhängender Krempe verdeckte das halbe Gesicht. Neben ihr trottete ein weißer, langhaariger Hund.

Fragend blickte er den Kellner an. Der wusste nicht, was mit diesem Blick gemeint war, und stotterte: »Ich hab keine Ahnung, wer die Frau ist, wirklich nicht.«

Felber fühlte sich unverstanden und brummte: »Die Rasse. Ist wirklich ein schöner Hund.«

»Ach so. Ich glaube, das ist ein Golden Retriever. Aber fragen Sie die Frau. Die gibt Ihnen sicher gerne Auskunft.«

Mit Frau Sieber jetzt zu reden, wollte er unbedingt vermeiden. Sie beobachten, ihr unauffällig nachgehen, ob sie, vielleicht von Reue geplagt, zum Tatort zurückkehrte, sie daraufhin ansprechen und dadurch ein Geständnis bekommen, das plante er.

Die Frau war fast bei ihnen angelangt und bog in den Schießstättenweg ein. Felber hatte ihr den Rücken zugedreht und beobachtete sie aus den Augenwinkeln.

»Hallo, Josef!«, rief sie mit krächzender Stimme und drehte dem Kellner das Gesicht zu.

Moment! Das war nicht Frau Sieber. Eine völlig fremde Person war an ihnen vorbeigerollt.

»Einen schönen Hund haben Sie da«, rief Felber, und die Frau hielt an.

»Ja, nicht?« Sie lächelte ihn an. »Er ist so lieb, anschmiegsam und auch sehr gescheit. Macht mir die Türen auf, holt mir in der Früh die Zeitung und Semmeln, die an der Schnalle hängen, und untertags viele andere Dinge. Ist ja auch dafür ausgebildet worden. Hier lasse ich ihn immer ein bisschen frei laufen. Nur an der Leine neben dem Rollstuhl laufen ist ja ein richtiges Hundeleben.«

Felber wollte im Moment kein Referat über Hundehaltung im Allgemeinen und Pflegehunde im Besonderen hören und unterbrach sie.

»Entschuldigung. Ich könnte mir vorstellen, dass Rollstuhlfahrer, verzeihen Sie diesen Ausdruck, untereinander irgendwie vernetzt sind. Kennen Sie vielleicht noch eine andere Frau, die mit ihrem Wagen hier heraufkommt?«

Die Angesprochene nestelte an ihrer Leine und ließ den Hund frei. Ohne nachzudenken, schüttelte sie den Kopf.

»Soweit ich weiß, bin ich die Einzige. Die meisten verwenden ihr Wagerl zum Einkaufen in der Stadt oder trauen sich nicht, längere Strecken zu fahren, aus Angst, dass die Batterie ihren Geist aufgibt. Nein, ich glaube nicht.«

Felber hatte noch eine Idee und zog sein Handy aus der Tasche. Konstanze hatte ihm erst vor Kurzem gezeigt, wie man die Kamera bediente. Das wollte er jetzt ausprobieren.

»Darf ich ein Foto von Ihnen und dem Hund machen?«

Sollte es ihm gelingen, konnte er das Bild der Zeugin zeigen, die er nachher noch aufsuchen wollte.

»Karl!«, schrie die Frau, und noch einmal: »Karl!«

Der Hund trabte brav zu ihr, während Felber mit zunehmender Ratlosigkeit versuchte, die Kamera einzuschalten.

»Geben Sie her.« Die Frau streckte die Hand fordernd aus. »So schwierig ist das doch auch wieder nicht.«

»Für mich schon«, murmelte Felber errötend und reichte ihr sein Handy.

»Schauen Sie, zuerst drücken Sie hier, dann da, und es kann schon losgehen. Ein vorsintflutliches Gerät besitzen Sie. Ein Smartphone ist doch viel praktischer.«

»Danke, mir genügt dieses, bin nicht so ein Technikfreak.«

Zumindest erinnerte er sich, wo der Auslöser war. Zwei Klicks und er hatte Fotos, auf der Frau und Hund deutlich zu erkennen waren.

Kapitel 20

Felber fühlte sich energielos. Nach einer unruhigen Nacht stapfte er, ohne viel Lust zu verspüren, ins Büro. Konstanze an seiner Seite versuchte, Optimismus zu versprühen, was ihr aber angesichts der Lage nur mäßig gelang.

»Alfred wird etwas herausgefunden haben«, versuchte sie, ihn aufzuheitern, während er überlegte, ob eine Leberkässemmel mit Pfefferoni nicht seine Stimmung heben könnte.

Er verzichtete darauf. Neben dem Dilemma fehlender Täter brauchte er nicht noch weitere Konflikte.

Kaum ins Büro eingetreten, läutete das Telefon.

»Günter, zu mir!«, meldete Paukerl sich mit schnarrender Stimme.

Auch das noch! Felber stöhnte auf und trabte schwerfällig zum Büro nebenan. Wie meistens vergaß er aufs Anklopfen und riss die Türe auf.

Ein kurzer Blick genügte, außer Paukerl war niemand im Zimmer. Das war schon einmal eine Erleichterung.

»Na, na, Günter. Wie oft muss ich dir noch …« Er winkte resignierend ab und räusperte sich. »Was ich fragen wollte, die Morde – seid ihr weitergekommen, gibt es schon eine Spur, auch wenn sie noch so geringfügig ist?«

Felber zog die Schultern hoch. »Wir haben einige Verdächtige, Chef, das Problem ist nur, es gibt keine Beweise. Nicht einmal einen Funken davon.« Er seufzte. »Alfred geht einer Spur nach, die uns zur Hausbesitzerin führen soll, also zu der, in deren alter Hütte die ersten zwei Leichen gefunden wurden. Na ja, und bei Bertl Sieber könnten seine Frauen involviert sein.«

»Das ist aber ziemlich mager«, stellte Paukerl stirnrunzelnd fest.

»Sag ich ja«, meinte Felber, »uns wäre zum Beispiel sehr geholfen, wenn wir bei Sieber eine Hausdurchsuchung machen könnten. Vielleicht fänden wir dort die Waffe.«

»Unmöglich!« Der Chefinspektor sah ihn nachdenklich an. »Das kannst du dir abschminken. So einen Wisch bekommen wir nie und nimmer. Da müssten schon stärkere Beweise vorliegen.«

»Ich weiß.« Felber starrte auf den Boden.

»Verflixt!«, rief Paukerl und ließ die Faust auf den Tisch krachen. »Klemmt euch noch mehr dahinter. Das LKA liegt mir deswegen sowieso in den Ohren, lang kann ich dir den Rücken nicht mehr freihalten, Günter.«

»Kein LKA!«, schrie Felber und sprang auf. »Wir schaffen das schon, Chef.«

»Na, hoffentlich!«, meinte Paukerl und wollte Felber schon mit einer wedelnden Handbewegung entlassen..

»Ach, noch etwas, Günter.« Der hatte die Türklinke schon in der Hand und drehte sich nochmals um. »Wir haben doch neulich über diese interessante Frau, Sonja Fiesler, gesprochen, erinnerst du dich?«

Felber nickte bestätigend.

»Nun …« Paukerl stockte und drehte den Brieföffner auf seinem Schreibtisch im Kreis. »… ich weiß, dir ist diese Frau unsympathisch, hegst vielleicht, aus welchen Gründen auch immer, einen Groll gegen sie …«

Felber starrte ihn mit großen Augen verständnislos an.

»… was ich sagen will, Frau Fiesler ist eine anständige, honorige Mitbürgerin. Wenn ich daran erinnern darf, sie half uns letztes Jahr sogar, die Mörderin, diese Schauspielerin, zu entlarven.«

»Ich verstehe nicht ganz, Chef, was …«

»Nun, mir ist da etwas zu Ohren gekommen, und ich meine, dass du sie aus den jetzigen Ermittlungen heraushalten solltest, dass du nicht etwas zu konstruieren versuchst, um ihr eine Schuld bei den Morden in die Schuhe zu schieben.«

Felber wurde rot im Gesicht, und seine Zornesadern schwollen an.

»Was denkst du von mir, Chef«, brüllte er, »dass ich mich von Sympathie oder Antipathie bei den Ermittlungen leiten lasse? Dass ich, nur damit ein Mörder der Presse vorgeführt werden kann, Beweise fälsche? Entschuldige, aber wenn du das glaubst, nehm ich meine Papiere. Wir haben übrigens Frau Fiesler nur einmal zu dem Verschwinden ihres Mannes befragt, das war alles. Wenn du aber …«

»Entschuldige, Günter«, unterbrach Paukerl ihn und fuhr in besänftigendem Ton fort, »so habe ich das nicht gemeint. Ich weiß doch, dass du dich nicht von Gefühlen lenken lässt und mein bester Ermittler bist. Ich meinte doch nur, dass man unschuldige Menschen nicht durch unbedachte Worte oder Taten in Verruf bringen darf.«

»Das habe ich bis jetzt nie getan«, knurrte Felber. »Gibt es sonst noch was?«

Paukerl schüttelte mit unglücklicher Miene seinen Kopf.

*

Zurück auf dem Gang lehnte sich Felber an die Mauer. Er zitterte am ganzen Körper. Ihm so etwas zu unterstellen. Hatte dieses intrigante Weib wieder ihre Fangarme nach

Paukerl ausgestreckt? Anders konnte er sich dessen Verhalten nicht erklären. Er atmete einige Male tief durch, was aber keine beruhigende Wirkung auf ihn hatte.

Was brachte diese Frau dazu, ihn bei Paukerl anzuschwärzen? Außer, dass sie beide einander nicht mit glühender Sympathie gegenüberstanden, sprach doch nichts dafür. Höchstens, sie hatte etwas zu verbergen, aber das konnte er sich eigentlich nicht vorstellen. Nur dass Paukerl darauf hereinfiel, ärgerte ihn.

Langsam beruhigte er sich, der Pulsschlag kehrte in seinen normalen Bereich zurück.

Er wischte sich noch einmal über die Stirn und öffnete die Bürotüre. Angespannte Stille herrschte in dem Raum. Das Gebrüll von nebenan hatte man sichtlich mitbekommen.

Weiner war auch schon da, Konstanze und er sahen ihn fragend an.

»Nur ein kleines Missverständnis«, versuchte Felber zu beruhigen. »Was führt denn dich zu uns, Alfred, gibt's endlich was Neues?«

»Ich dachte schon, du fragst mich überhaupt nicht«, meinte Alfred eifrig. »Aber sag, hat der Chef schon die Nerven verloren?«

»Quatsch! Das war eher etwas Privates. Erzähl endlich, du strahlst ja wie eine Christbaumkugel.«

»Ja, also Lieselotte und ich haben eine Person ausfindig gemacht, die zum fraglichen Zeitpunkt einige Male am Grundbuchsamt war und Akteneinsicht genommen hat. Wie du vorausgesagt hast, sie arbeitet nicht dort, sondern am Meldeamt, das heißt, hat dort gearbeitet. Vor einigen Tagen kündigte sie und hat jetzt angeblich eine Stelle im Frauenhaus.«

»Den Namen, Alfred, den Namen.« Felber blickte ihn gespannt an.

»Tja, mein Lieber, du wirst dir jetzt denken, das gibt's nicht, aber es ist eine alte Bekannte, mit der du schon zu tun hattest, wie die Spatzen von den Dächern pfeifen.«

»Alfred!«, schrie Felber und hieb ungeduldig auf den Tisch.

»Spaßverderber!«, lächelte Weiner. »Also ihr Name ist – Sonja Fiesler!«

*

Diese Nachricht hatte wie eine Bombe eingeschlagen. Zuerst der kaum verdeckte Rüffel von Paukerl, die Ermahnung, eine Person, die ihm anscheinend wieder sehr am Herzen lag, in Ruhe zu lassen, und kurz danach diese Eröffnung von Alfred.

Sonja Fiesler schien irgendwie in diese Geschehnisse verwickelt zu sein.

Wenn die Frau etwas mit dieser Mordserie zu tun hatte, würde er das bis ins Kleinste aufdecken, ungeachtet aller möglichen Konsequenzen.

Schließlich war sie schon einmal gut davongekommen, hatte sich elegant herausreden können, vor einem Jahr, als sie die Fünffach-Mörderin überführen konnten. Schon damals glaubte Felber, dass sie nicht so unbeteiligt daran war, wie sie es dargestellt hattee. Nur belegen konnten sie nichts. Sonja Fiesler – zweiter Akt, dachte er.

Sie mussten Beweise finden.

Hatte sie irgendetwas mit dem alten Haus zu tun und somit auch mit dem Rechtsanwalt? Natürlich konnte sie auch mit dem rätselhaften Verschwinden ihres Mannes, der höchstwahrscheinlich als Gerippe in ebendiesem Haus wieder aufgetaucht war, zu tun haben. Dann, so spann er den Faden weiter, konnte auch Bertl Sieber zum Opfer geworden sein, da er durch den Wasserschaden zum »Aufdecker« der Morde wurde. Noch eine Theorie, die ihm aber gut gefiel.

»Sag, Alfred, war sie die Einzige, die alleine Akteneinsicht genommen hat, oder gibt es noch weitere Personen aus irgendwelchen Ämtern, die das ebenfalls taten?«

»Nein.« Weiner schüttelte den Kopf, »Deswegen sind wir ja relativ schnell auf ihren Namen gekommen.«

»Und woher weißt du das? Ich nehme an, dass es keine Besucherliste gibt, in die sich alle eintragen müssen.«

»Offiziell nicht.« Eine leichte Röte überzog sein Gesicht. »Es ist so, meine … also, Lieselotte hat eine Kollegin, die sich einen Sport daraus macht, alle Leute, die zu ihnen kommen, namentlich aufzuschreiben. Ich weiß nicht, warum, vielleicht verwendet sie die Liste, um eine Statistik aufzustellen, wer sie wie oft nervt, keine Ahnung. Diese Kollegin war drei Tage krank, deswegen habe ich erst heute diese Überraschung präsentieren können.«

»Hauptsache, wir wissen es jetzt. Dabei kann ich dir gar nicht zu einer tollen Leistung gratulieren, schließlich hat eine, ich will es mal so ausdrücken, versponnene Beamtin diese erbracht.«

»Ha! Das ist eine Frechheit. Stell dir vor, ich wäre nicht zu Lie…,also, ich meine, aufs Grundbuchsamt gegangen, du wüsstest überhaupt nichts. Weder, dass eine Seite aus einem Akt herausgerissen wurde, noch, dass Frau Fiesler sich dort herumgetrieben hat. Du hast alles mir zu verdanken.«

Weiner trug das vehement vor, und Felber wusste nicht genau, ob es spaßig oder voller Ernst gesagt wurde.

»Alfred hat recht«, ließ Konstanze sich vernehmen. »Ehre,

wem Ehre gebührt. Sollen wir dir einen Lorbeerkranz flechten?«

»Ach kommt, ihr zwei«, lächelte der. »Verarschen kann ich mich selbst.«

»Nein, nein, Konstanze hat schon recht. Aber andererseits sind wir ein Team, und da sollte nicht jeder, der einen kleinen Erfolg zu verbuchen hat, sich selbst ein Lichtlein anstecken. Wir ermitteln gemeinsam, also werden wir auch zusammen die … hrm … die Lorbeeren einheimsen.«

Weiner konnte es nicht lassen. »Alles klar, Chef!«, meinte er grinsend.

»Was machen wir jetzt mit Sonja Fiesler?«, meldete Konstanze sich.

»Also, ich würde sie vernehmen, ihr die Daumenschrauben ansetzen, so lange, bis sie uns alles gesagt hat.« Weiner hatte keinen Sinn für sanfte Verhörmethoden.

»Schwachsinn!«, meinte Felber. »Dabei kommt doch selten was heraus. Außerdem würde Paukerl uns …«

Verdammt! Das war ihm jetzt so herausgerutscht. Nun musste er ihnen über sein Gespräch mit dem Chef reinen Wein einschenken.

Die Verwunderung war groß, und Felber wusste nicht, ob sie die Gegebenheiten von vorigem Jahr kannten, als sich ja Ähnliches abgespielt hatte. Also erzählte er alles, auch den Grund, weshalb diese Frau ihm so unsympathisch war.

»So ein Miststück!«, schüttelte Konstanze den Kopf. »Dabei fand ich sie, als wir über ihren vermissten Mann sprachen, so nett, lieb und arm.«

»Tja, wie sagte schon Jakob Holzbein? ›Trau keiner Frau über vierzehn.‹« Der vorlaute Weiner bekam die Faust von Konstanze zu spüren. »Entschuldige! Ausnahmen bestätigen natürlich die Regel.«

Felber, der in Gedanken versunken dagesessen hatte, schreckte auf.

»Wer, zum Donnerwetter, ist Jakob Holzbein?«

»Keine Ahnung. Tut mir leid. Hat nichts mit dem Fall zu tun.«

»Leute, können wir jetzt wieder zu unserer Angelegenheit zurückkehren?«

»Wie gehen wir weiter vor?« Er fasste alles noch einmal zusammen.

»Also, wir haben drei Morde, wobei wir nicht wissen, ob oder wie sie zusammenhängen. Als Verdächtige haben wir einmal die noch immer unbekannte Hausbesitzerin, zumindest für zwei Morde. Frau Fiesler scheint ebenfalls auf unbestimmte Art drinzuhängen, und dann gibt es noch die Stiefschwester von Bertl Sieber und seine Ehefrau. Der Kellner meinte, dass die Frau, die ihn nach dem Weg gefragt hatte, mit ausländischem Akzent sprach. Also nicht Bertls Stiefschwester war. Zufällig kam dann die Frau im Rollstuhl mit ihrem Hund dazu. Ich machte ein Foto von ihr …« Er wölbte stolz seine Brust und heischte nach Beifall, der aber nicht kam. »… dieses Foto zeigte ich der Zeugin, und die bestätigte, dass sie diese Frau gemeint hatte. Also auch nicht Frau Sieber.« Er holte ein Papiertaschentuch hervor und schnäuzte sich. »Was aber an sich nichts zu bedeuten hat. Ich bin den Weg abgegangen, man kommt auch von der anderen Seite zu diesem Armbrustschützenhaus. Ist zwar umständlicher, aber machbar.«

»Wir sollten alle drei Frauen knipsen und die Bilder herumzeigen. Da hätten wir sicher bald eine mehr als verdächtige Person«, sagte Konstanze.

»Ob das rechtlich haltbar ist?«, zweifelte Felber. »Aber, was soll's. Unkonventionelle Morde muss man mit unkonventionellen Mitteln bekämpfen. Ihr beide, du und Alfred, macht das. Aber die Frauen dürfen nichts davon merken. Irgendwo müsste doch eine Kamera mit Teleobjektiv liegen. Da schau ich gleich nach.«

Kapitel 21

Felber war dabei, die halbe Inspektion nach Kamera und Teleobjektiv umzukrempeln, als ihn wieder einmal ein Gedanke durchzuckte. Nicht, dass er plötzlich eine völlig neue Idee hatte, wie man dem Täter auf die Schliche kommen könnte, nein, eher der bürokratische Alltag war es, der vielleicht endlich ein Resultat brachte.

Der Spurensicherungsbericht vom Armbrustschießstand – hatten sie den schon? Er glaubte zwar nicht, daraus große Erkenntnisse zu erhalten, aber die Frage nach einem winzigen Detail bohrte in seinem Hinterkopf.

Den Fotoapparat konnte er später auch noch suchen, diese Frage schien ihm wichtiger. Mit schnellen Schritten eilte er ins Büro zurück.

Weiner saß noch an seinem Platz und stierte versonnen in die Luft. Sofort stieg in Felber wieder Groll auf. Hatte der Kerl nichts zu tun, wollte er hier versäumten Schlaf nachholen, oder träumte er von seiner geheimnisvollen Lieselotte?

»Alfred, werd wieder munter«, schrie er. »Wo ist der Spusibericht vom Armbrustschützentatort?«

Weiner gähnte einmal kräftig, ehe er sich zu einer Antwort bequemte.

»Ist gerade hereingekommen. Wollte es dir eh sagen, wenn du von deiner Fotosafari zurückkommst. Wo ist die Kamera?«

»Darüber zerbreche ich mir später den Kopf«, winkte Felber

ab, »jetzt interessiert mich etwas anderes. Du erinnerst dich doch, gleich neben dem Schießstand steht ein altes Haus, ich nehme an, eine Art Klubhaus.« Er starrte nachdenklich vor sich hin. »Gibt es diesen Verein überhaupt noch? Es wäre interessant, Näheres darüber zu erfahren.«

»Keine Ahnung. Weißt du, was? Ich werde Lieselotte fragen, wer die Besitzer sind, gut? Aber was hat das mit dem Mord zu tun?«

»Höchstwahrscheinlich nichts. Bin nur neugierig. Was ich eigentlich wissen wollte, hat die Spurensicherung sich auch in diesem Haus umgesehen?«

»Das werden wir gleich haben.« Weiner blätterte den Bericht durch.

Wie von Felber vermutet, fand sich in dem Bericht darüber kein Wort. Der Tatort war schließlich die Bretterwand mit den Zielscheiben und das Haus somit uninteressant.

»Niente!«, schüttelte Weiner den Kopf. »Die Hütte haben sie glatt links liegen gelassen.«

»Wenn man nicht hinter allem selbst her ist«, seufzte Felber.

»Ganz verstehe ich dich nicht«, meinte Konstanze verwundert. »Was kann das alte Haus schon mit dem Mord zu tun haben?«

»Ihr denkt alle viel zu eng«, rief Felber. »Erinnert euch, was Doktor Kudlich über den Todeszeitpunkt von Bertl gesagt hat. Zwischen vierundzwanzig und ein Uhr, die Geisterstunde. Ich glaube aber nicht, dass ein Gespenst mit einer Armbrust dort oben herumgelaufen ist und auf einen nächtlichen Spaziergänger gewartet hat.«

Seine Kollegen starrten ihn fragend an.

»Was ich meine, ist, was haben Sieber und der Mörder am Abend gemacht? Von Bertl wissen wir, dass er ungefähr um neunzehn Uhr gut gekleidet sein Haus verlassen hat. Vom Mörder wissen wir natürlich nichts. Jetzt wirft sich die Frage auf, haben sie sich vielleicht nicht erst um Mitternacht, sondern schon viel früher getroffen? Es könnte doch ohne Weiters sein, dass sie in dem Vereinshaus zusammengetroffen sind. Sie verhandeln irgendetwas, geraten in Streit, und ›Bumm!‹, einer liegt da. Eben der Bertl. Um das zu verschleiern, nimmt der Mörder eine Armbrust, die im Klubhaus herumliegt, und inszeniert diese Horrorszene. Dass es kein geübter Schütze war, hat Kudlich ja bestätigt.«

Tiefes Schweigen herrschte im Büro. Jeder blickte nachdenklich vor sich hin.

»Deine Theorie ist gar nicht so blöd, Günter«, unterbrach Weiner endlich die Stille.

»Toll!«, meldete Konstanze sich. »Aber … hat der Doktor nicht als Todesursache einen Pfeilschuss mitten ins Herz angegeben? Und von Hämatomen hab ich auch nichts gelesen.«

»Du hast recht.« Felber war einerseits stolz auf die Kombinationsfähigkeit seiner Freundin, andererseits ärgerte es ihn, dass seine Überlegungen so rasch zerpflückt werden konnten.

»Es war ja nur als Denkanstoß gedacht«, redete er sich heraus. »Ich meinte damit, dass wir uns das Haus einmal näher ansehen sollten.«

*

Weiner stand gebeugt vor der Eingangstüre des Armbrustschützenhauses und fummelte am Schloss herum. Felber hatte das nicht gewollt, aber die Zeit drängte seiner Meinung nach, und die bürokratischen Hindernisse, auf der Stelle einen

Schlosser damit beauftragen zu können, ließen ihn die Augen verdrehen.

Da war es leichter, trotz seiner Hemmungen Weiner werken zu lassen, der sich immer wieder rühmte, überall hineinzukommen.

Tatsächlich war es bald so weit, die Türe stand offen, und Felber hoffte, endlich etwas zu entdecken, was ihnen in diesem undurchsichtigen Fall weiterhelfen konnte.

»Ein Liebesnest!«, rief Weiner, der sich vorgedrängt hatte.

Prüfend blickte Felber sich um. An der Wand rechts von ihm hing ein altes, rostiges Abwaschbecken, ein wackelig aussehender Küchenschrank, auf dessen Platte ein zweiteiliger Kocher stand, der anscheinend mit Campinggas beheizt wurde. Auf der anderen Seite befanden sich einige Heurigentische und -bänke, die auch nicht gerade ein jugendliches Aussehen hatten.

Links vom Eingang waren einige Regalbretter angebracht, auf denen mit Patina verbrämte Pokale und Teller standen und einige Ordner und Zeitschriften, denen man die Staubschicht schon von Weitem ansah. An der Wand hingen verschiedene Wimpel, verziert mit dunklen Spinnweben.

»Da geht wieder ein Stück lieber Tradition flöten«, murmelte er, ehe sein Blick sich auf das eigentlich Interessante richtete.

Mitten im Raum waren Matratzen am Fußboden aufgelegt, darüber ein schmuddeliges Leintuch und eine zerknüllte Decke.

»Genau das hoffte ich zu finden«, äußerte Felber sich zufrieden. »Na, dann schauen wir einmal, ob die Dame nicht etwas Verwertbares zurückgelassen hat.«

»Muss es denn eine Frau gewesen sein?« Konstanze brachte die traditionellen Beziehungen ins Schwanken.

Felber starrte sie entgeistert an.

»Du glaubst doch nicht …«

»Tja, was weiß man.« Sie zuckte mit den Schultern, »Obwohl es in der heutigen Zeit gang und gäbe ist, niemand etwas daran findet, sich zu outen, mag es Männer geben, die so etwas lieber im Verborgenen lassen. Dieser Ort hier ist doch prädestiniert dafür.«

»Das ist ja ein völlig neuer Ansatz«, rief Weiner. »Konstanze hat recht, vielleicht haben wir wirklich zu einseitig ermittelt.«

»Das ist doch …« Das Wort »Schwachsinn« verschluckte Felber lieber. »… schauen wir einmal, was wir finden, dann können wir immer noch darüber diskutieren.«

Sie drehten die Matratzen um, schüttelten Leintuch und Decke aus und fanden nichts. Es war zum Verzweifeln.

»Na ja, einen Versuch war es wert«, seufzte Felber.

»Sollten wir nicht Decke und Leintuch mitnehmen?«, fragte Weiner eifrig. »Vielleicht ergibt ein DNA-Abgleich etwas.«

Felber sah ihn mit gerunzelter Stirne an und breitete die Arme aus.

»Wenn du willst, tu es«, meinte er, »aber viel halte ich nicht von diesem technischen Firlefanz, das bringt uns dem Mörder sicher nicht näher.«

Kapitel 22

Langsam machte Felber sich wirklich Sorgen. Nicht, dass der oder die Mörder ungeschoren davonkamen. Dass er ihn stellen würde, davon war er fest überzeugt. Früher oder später erwischte er sie oder ihn. Ihm war natürlich lieber, es geschehe bald. Es war schließlich frustrierend, auf der Stelle zu treten, nicht weiterzukommen mit den Ermittlungen.

Was ihn beunruhigte, war die für ihn feststehende Tatsache, dass er immer wieder etwas vergaß, dass entscheidende Fakten ihm viel zu spät wieder einfielen. Ob es nicht doch irgendeine Pille dagegen gab?

Vielleicht sollte er Doktor Kudlich um ein vertrauliches Gespräch bitten. Dann fiel ihm ein, dass dieser selbst manchmal wegen seiner immer wieder auftretenden Zerstreutheit gejammert hatte. Er glaubte, sich erinnern zu können, einen Artikel in einer Zeitschrift überflogen zu haben, in dem geschildert wurde, dass vor allem Ärzte sich nicht selbst behandeln konnten, sei es aus Angst, sei es wegen ihrer Überheblichkeit, dass die eigenen Symptome einfach negiert wurden.

Dann gab es ja doch die Hoffnung, dass Kudlich für ihn die richtige Tablette fand.

Felber erhob sich mühsam aus seinem Sessel. Er sollte das gleich erledigen. Irgendwie war es ihm zwar unangenehm, aber es musste einfach sein, besser zu früh als zu spät.

Weiner und Konstanze waren unterwegs, mit der Kamera auf Pirsch, also erfuhr niemand von diesem Besuch.

Auf der Straße zum Spital hatte er ein Déjà-vu-Erlebnis. Ihm fiel etwas ein, er bremste abrupt, hinter ihm hupte es, dann überholte ihn ein Kleinwagen mit einem Mann am Steuer, verlangsamte das Tempo, tippte sich wutentbrannt an die Stirne, und wieder glaubte Felber, das Wort »Arschloch« zu hören.

Er war sich keiner Schuld bewusst, nun ja, vielleicht ein bisschen, aber wenn man sich auf Mörderjagd befand, dabei eine möglicherweise entscheidende Idee hatte, musste man der sofort Folge leisten. Das sollten die Leute einsehen und ein wenig aufmerksamer im Verkehr sein.

Er musste noch mal zu Bertl Siebers Haus, ein wenig herumschnüffeln und die Frauen nach den Jagdgewohnheiten von Bertl fragen. Es war doch möglich, dass dieser, von sportlichem Ehrgeiz getrieben, sich eine Armbrust angeschafft hatte, die dann von den Damen zweckentfremdet zum Mord benutzt wurde.

Frau Sieber wollte er noch einmal beknien, ob sie nicht doch ein Foto von der Hausbesitzerin nebenan besaß, das sie aus nostalgischen Gründen nicht hergeben wollte.

Auch Frau Mitzi hatte einiges zu erklären, vor allem, was Spaziergänge in der freien Natur beziehungsweise am Schießstättenweg anbelangte.

Doktor Kudlich musste warten. Es war schließlich egal, ob er die Pulver heute oder morgen bekam.

Zufrieden mit sich legte er den Gang ein und wollte losfahren, als sein Handy klingelte.

»Hallo, mein Bär«, jammerte Konstanze, »kannst du mich kurz ablösen? Ich muss mal für kleine Mädchen, dringend.«

»Wieso ich? Wo ist denn Alfred?«

»Der musste weg. Ich glaube, er ist zum Grundbuchsamt gefahren. Er hat einen Anruf bekommen, war ziemlich aufgeregt und ist schnell fort.«

So werden Ermittlungen, die bestimmt viel zur Aufklärung beigetragen hätten, brutal gestoppt.

»Wo bist du denn?«

»Beim Frauenhaus.«

»Gut! Ich komme«, knurrte er. Jetzt musste er sich auch noch mit Blasenproblemen auseinandersetzen.

*

»Ah!«, seufzte Konstanze selig, als sie wieder ins Auto einstieg. »Ich kann dir gar nicht sagen, welcher Genuss das war. Übrigens erinnerte es mich an das Klo von diesem Rechtsanwalt Meier. Dieses hier war zwar nicht so komfortabel, aber ausreichend für den Zweck.«

Rechtsanwalt Meier! Felber durchzuckte es. In dessen Wohnung wollte er doch ebenfalls noch einmal fahren. Als sie die Räumlichkeiten durchsucht hatten, bekam er doch das untrügliche Gefühl, etwas übersehen zu haben.

Die Frauen von Bertl waren vergessen, er musste unbedingt in Meiers Wohnung.

»Haben wir noch den Schlüssel für das Domizil des Rechtsanwalts?«

Konstanze sah ihn verständnislos an, dann nickte sie.

»Wir sollten nochmals hinfahren. Ich fühle, wir haben letztes Mal etwas übersehen. Im Badezimmer, dieser Baustelle.«

*

Felber hustete, keuchte und schnupfte auf.

»Verdammt! Wer ist denn auf die blöde Idee gekommen, auf dieser Baustelle nach Schätzen zu graben?«

Leider musste er sich selbst an der Nase nehmen. Sein Gesicht war voller staubiger Flecken, das Haar grau angepudert, Hemd und Hose die eines Bauarbeiters.

Konstanze war nach ersten zaghaften Versuchen ins Wohnzimmer geflüchtet.

Felber drehte stur jeden einzelnen Ziegel um, grub sich mit den Händen durch Mörtelreste und versuchte, mithilfe eines starken Kartons den Staub zu kleinen Haufen zu schichten.

In einer Ecke des Badezimmers lag ein ziemlicher Berg alter Fliesen und Schutt. Unter einem dünnen Stoß dieser Kacheln fand er eine in einem alten Hemd eingewickelte Schuhschachtel.

Gespannt, welche Schätze sich darin verbargen, stocherte er noch pro forma bis zum Boden, aber die Lust, Weiteres zu finden, war verschwunden.

Da es in diesem Staub und Schmutz schon egal war, setzte er sich auf einen Schutthaufen und öffnete erwartungsvoll die Schachtel.

»Ah, da schau her!«, entfuhr es ihm. Ächzend erhob er sich.

»Wie du aussiehst«, rief Konstanze, »mach dich ein bisschen sauber, aber nicht hier. Geh ins Schlafzimmer oder in die Küche.«

Der Staub war hartnäckig, aber nachdem er sich im Abwaschbecken Hände und Gesicht gesäubert hatte, fand er sich wieder einigermaßen annehmbar.

Das Handy vibrierte in seiner Brusttasche.

»Wo seid ihr?« Weiners Stimme überschlug sich beinahe. »Kommt sofort ins Büro. Ich habe unwahrscheinliche Neuigkeiten.«

»Die haben wir auch, Alfred«, nuschelte Felber. »Aber daraus wird nichts, ich bin vollkommen groggy. Wir sehen uns morgen. Und untersteh dich, mich heute noch einmal anzurufen.«

»Aber …«

Felber schmiss sein Mobiltelefon auf den Rücksitz und startete.

*

Schwerfällig kroch Felber vor dem Gebäude der Polizeiinspektion aus dem Wagen. Er war immer noch müde. In der Nacht hatten die absurdesten Träume ihn immer wieder aus dem Schlaf gerissen. Dann hatte die Neugierde ihn gequält, was sich noch alles in der geheimnisvollen Schuhschachtel befand, während er sah sich nicht in der Lage sah, aufzustehen und nachzusehen.

Nun klemmte sie unter seiner Achsel, bereit, endlich ihren Inhalt preiszugeben.

Er betrat zusammen mit Konstanze das Büro und gähnte ausgiebig.

Natürlich saß Weiner schon auf seinem Platz und sprang zappelnd auf.

»Es ist eine Sensation, Günter, was ich …«

Felber hob die Hand. »Bitte, Alfred, das kann einen Augenblick warten. Erst brauche ich einen Kaffee.« Wieder gähnte er ausgiebig.

»Wäre nicht ein Kamillentee besser, Günter? Du siehst gar nicht gut aus. Bist du krank?« Weiner klang besorgt. »Das können wir uns im Moment nicht leisten.«

»Unsinn! Hab nur nicht gut geschlafen. Kein Wunder bei allen Aufregungen. Alfred, ich habe allerhand …« Konstanze stellte ihm einen dampfenden Becher vor die Nase, was Felber natürlich irritierte.

»Danke, mein Hase! Also …« Dieses »Also!« sagten Weiner und Felber gleichzeitig.

»Ich …« Auch das kam im Duett heraus.

»Ich weiß zwar nicht, wieso, aber ich habe die besseren Neuigkeiten«, stellte Felber fest.

»Das glaube ich nicht«, meinte Weiner. »Meine ist brandheiß und führt uns direkt zur Täterin.«

Eine Täterin? Felber konnte es nicht glauben.

Als Chef, als Leiter einer Gruppe musste man manchmal zurückstecken, um den sozialen Frieden zu wahren. Aber Weiner würden die Augen aus dem Kopf fallen, wenn er die Schuhschachtel öffnete. Das glaubte er zumindest und hoffte es.

»Also gut, Alfred, dann fang an«, meinte er deswegen und ließ die Hand auf den Tisch knallen.

»Wie ihr wisst, wird in den Ämtern langsam alles digitalisiert.«Mein Gott, wird das jetzt ein endloses Geschwafel über Computer?, dachte Felber.

»Lieselotte stöberte dafür im Archiv, und was glaubt ihr, was ihr da in die Hände gefallen ist?«

»Mach es doch nicht so spannend, Alfred«, knurrte Felber.

»Es war reiner Zufall, wahrscheinlich ist es die Kopie einer Kopie, aber jetzt wissen wir endlich, wer die Besitzerin des alten Hauses ist.«

Weiner machte eine Kunstpause, doch die Nerven von Konstanze und Felber waren sowieso schon bis zum Zerreißen gespannt.

»Jetzt sag schon«, stöhnte Konstanze.

»Es ist – Sonja Fiesler.«

»Wusste ich es doch.« Die Tischplatte von Felbers Schreibtisch musste einen weiteren Hieb aushalten. »Die Frau war mir immer schon suspekt.«

»Das heißt, sie ist zumindest bei einem Mord mehr als verdächtig«, stellte Konstanze fest.

»Na, kannst du das toppen, Günter?«, rief Weiner und rieb sich die Hände.

Felber hatte die Worte seines Partners nicht mitbekommen, er beschäftigte sich schon intensiv mit dem Thema »Fiesler«, versuchte, kleine Bausteine aneinanderzureihen, Vorkommnisse, Aussagen, aber auch Gefühle zu verknüpfen. Er saß da, versunken in seine Gedanken.

Also übernahm Konstanze die Antwort auf Weiners prahlerische Frage.

»Das wissen wir noch nicht. Werden wir aber bald erfahren.«

Sie erzählte von Felbers Idee, noch einmal zu Rechtsanwalt Meiers Wohnung zu fahren.

»Eine Baustelle ist das sicherste Versteck für Dinge, die nicht gefunden werden sollen. Günter hat den richtigen Riecher gehabt. Diese Schuhschachtel lag unter einem Haufen Schutt. Wir beide, Alfred, werden jetzt die Büchse der Pandora öffnen, sozusagen.«

Weiner schlug sich mit der Hand auf die Stirn.

Sie hob Felbers Arm von der Schachtel, auch das bekam dieser nicht mit, und ging mit Weiner zu ihrem Tisch.

Sie holte zahlreiche Fotos und einige Schriftstücke heraus und breitete sie auf der Platte aus.

»Ah, da schau her«, rief Weiner und schnappte sich ein Bild. »So etwas könnte man einschlägigen Zeitungen gut verkaufen.«

Es waren gewagte Fotos, die entweder Sonja Fiesler allein oder gemeinsam mit Friedrich Meier zeigten.

»Liebesbriefe!«, lachte Konstanze, die sich mehr für die Schriftstücke interessierte. »Der genaue, pedantische Rechtsanwalt lässt sich nicht verleugnen. Alle mit Kopieverweis und Datum abgestempelt.«

Sie überflog einige der Briefe und murmelte: »Mann, oh Mann, der muss ja wirklich sehr verknallt in sie gewesen sein.«

»Na, aber die Bilder sind auch ganz heftig«, meinte Weiner und wedelte mit einigen Fotos in der Luft herum.

»Sieh mal an.« Konstanze hielt ein Schriftstück in die Höhe. »Leute, jetzt weiß ich, warum der Rechtsanwalt sterben musste. Das ist ein Erpresserbrief. Ebenfalls eine Kopie und das Datum passt zu dem von Doktor Kudlich angegebenen Todeszeitpunkt.«

Jetzt erwachte Felber aus seiner Versunkenheit.

»Lass sehen.« Fordernd streckte er die Hand aus.

»Über alles Geliebte!«, las er. »Ich weiß, dass du dir Abwechslung wünschst, aber das darf nicht sein. Du musst bei mir bleiben. Ich brauche dich, das Leben hat sonst keinen Sinn. Solltest du mich wirklich verlassen wollen, weil du nach anderem gierst, lässt du mir keine Wahl. Dann müsste ich die wahren Hintergründe zum Tod deines Mannes laut hinausschreien. Das willst du, das wollen wir beide doch nicht. In überschwänglicher Liebe, dein Friedrich.«

»Damit hat er sein Todesurteil selbst geschrieben.« Konstanze zeigte sich geschockt.

»Das ist anzunehmen«, meinte Weiner nachdenklich und zog seine Stirne in dicke Falten.

»Ich wage jetzt eine theoretische Überlegung.« Felber räusperte sich. »Angenommen, der Rechtsanwalt versuchte, so, wie in dem Brief steht, Sonja Fiesler wirklich zu erpressen, sei es aus Liebe, sei es, weil er in Geldnöten steckte, woher wusste er, dass sie ihren Mann umgebracht hat? Es ist kaum anzunehmen, dass er sie dabei beobachtet und jahrelang geschwiegen hat.« Er trommelte mit seinen Fingern auf die Tischplatte. »Nehmen wir an, er hat nur einen Schuss ins Blaue getan, Frau Fiesler ist darauf hereingefallen und fasste den Entschluss, den möglichen Mitwisser zu beseitigen.«

»Deine Idee finde ich gut, so könnte es gewesen sein«, begeisterte Konstanze sich.

»Na, und dem Rechtsanwalt ist das nicht gut bekommen. Sonja Fiesler stand ja auch das richtige Versteck für die Leiche zur Verfügung. Ein leer stehendes Haus, das von niemandem betreten wurde«, mischte Weiner sich ein.

»Womit wir bei Bertl Sieber gelandet sind«, stellte Felber fest. »Hätte der nicht den Wasserschaden gemeldet, könnte er vielleicht noch am Leben sein.«

»Das glaube ich nicht, Günter«, meinte Konstanze. »Denk doch an das Liebesnest im Armbrustschützenhaus. Unter Umständen waren das Bertl Sieber und Sonja Fiesler. Angenommen, sie wurde seiner überdrüssig und hat ihn abgemurkst. Vielleicht hat auch dein Freund Sieber versucht, sie zu erpressen.«

»Du hast recht«, sagte Felber gedehnt. »Seine Schwester hat doch ausgesagt, er hätte beruhigend zu ihr gemeint, dass bald alles besser sein würde. Eigentlich kann es sich dabei nur um Geld gehandelt haben. Und Sonja Fiesler konnte sich das natürlich nicht bieten lassen und hat ihn ebenfalls beseitigt.«

»Eines verstehe ich dabei aber nicht«, warf Weiner ein. »Wieso hat sie ihn gar so zugerichtet? Der Schuss ins Herz hätte doch genügen müssen.«

Felber zuckte die Schultern. »Wer weiß schon, was in einer Frau vorgeht, die glaubt, nur von Feinden umgeben zu sein.«

Nun gab es einiges zu tun.

Das unverfänglichste Foto von Sonja Fiesler musste herausgesucht und vervielfältigt werden. Eine Fahndung musste man einleiten, Briefe und Bilder waren genau zu analysieren. Frau Sieber und ihre Haushälterin, Frau Mitzi, hatte man ebenfalls mit dem Foto zu konfrontieren.

Die Zeit verging schneller als gedacht, und es dämmerte bereits, als Felber aufseufzte: »Herrschaften, machen wir für heute Schluss. Geht nach Hause. Ich fahre noch schnell zu dem Ausflugsgasthaus, um dem Kellner das Foto von Frau Fiesler zu zeigen. Vielleicht erkennt er sie. Dann haben wir die Frau!« Triumphierend blickte er in die Runde.

Kapitel 23

Ausgerechnet heute hatte der Kellner seinen freien Tag, wie man ihm mitteilte. Da konnte man nichts machen, so dringlich war es auch wieder nicht.

Er würde sich noch einmal bei dem Schießstand umsehen. Langsam spazierte er hinauf, ein Gefühl begleitete ihn, dass mit seinem linken Schuh etwas nicht in Ordnung sei. Als er vor der hölzernen Wand stand, an der Bertl Sieber gehangen hatte, und die Einschusslöcher der Bolzen betrachtete, blickte er auch nach unten. Das Schuhband hatte sich gelöst, die Schnurenden lagen im Gras. Er musste wieder einen Knoten machen, sonst stolperte er zum Schluss und brach sich vielleicht das Bein.

»Guten Abend, Herr Kommissar«, wurden seine Überlegungen unterbrochen.

»Revierinspektor!«, nuschelte er und drehte sich um.

Einige Meter von ihm entfernt stand Sonja Fiesler.

»Was kann ich für Sie tun?«, fragte er überrascht.

»Nichts, lieber Herr Kommissar. Aber ich für Sie – eine Freifahrt in die Hölle.«

Jetzt erst bemerkte Felber die Waffe in ihrer Hand. Ein Kolben wie bei einem Gewehr, davor ein horizontaler Bogen – eine Armbrust. Sein Herz begann, aufgeregt zu klopfen. Sie wollte doch nicht tatsächlich …

Seine gesamte Ausrüstung, Revolver, Handschellen, lag wohlverwahrt in seinem Schreibtisch. Er spürte, wie sich

Schweißperlen auf seiner Stirn sammelten.

»Sie lassen mich überwachen?«, war ihre nächste Frage.

Dass nach ihr bereits gefahndet wurde, verschwieg er.

»Wieso glauben Sie das?« Diese Frage war harmloser.

»Wissen Sie«, lachte Frau Fiesler, »wenn jemand so betont harmlos und unbeteiligt vor meinem Arbeitsplatz steht, ausgerüstet mit einer riesigen Kamera, denkt man sich seinen Teil.«

»Könnte doch auch jemand anderem gegolten haben.« Felber zuckte die Achseln.

»Wo sind denn Ihre Spitzel jetzt?«

»Müssen gleich kommen.«

»Das ist gut. Ich habe auch für sie genügend Bolzen.«

Sonja Fiesler sah ihn neugierig an und lachte glucksend.

»Sie sind tapfer, Herr Kommissar. Bertl hat sich da schon vor Angst in die Hose gemacht.«

»Der geht auch auf Ihr Konto? Nicht nur der Rechtsanwalt und Ihr Mann? Geahnt habe ich das schon.« Immer reden, immer weiterreden, vielleicht kann ich mich unauffällig nähern, dachte er.

Das offene Schuhband kam ihm in die Quere. Nur mühsam hielt er das Gleichgewicht.

»Das sollten Sie gar nicht versuchen.« Sonja Fiesler beugte sich über die Zielvorrichtung.

Felber verspürte ein Ziehen in der Blase. Das war es also. Die arme Konstanze. Jetzt wird sie Witwe, noch bevor ich sie geheiratet habe, schoss es ihm durch den Kopf. Aber wenn er schon sterben sollte, dann nicht mit offenem Schuhband.

»Entschuldigung!«, krächzte er und bückte sich.

Sirrend schoss der Bolzen über ihn ins Holz.

Das war seine Chance. Zum neuerlichen Spannen der Armbrust brauchte sie einige Zeit. Er stürzte auf sie zu. Der linke

Schuh blieb im Gras stecken. Zwei, drei Schritte schaffte er, plötzlich hatte Sonja Fiesler eine Pistole in der Hand.

»Tz, tz, man sollte doch immer eine Reservewaffe zur Verfügung haben, finden Sie nicht, Herr Kommissar?«

Unvermittelt hielt Felber inne.

Es ist eigenartig, welch unnütze Gedanken einem angesichts des nahenden Todes durch den Kopf gehen. Das muss die Waffe sein, von der Doktor Kudlich gesprochen hatte, die Parabellum, dachte er.

Er hörte ein metallisches »Klick!«, als sie abdrückte.Ladehemmung?! Ohne nachzudenken, sprintete er los. Sonja Fiesler starrte ungläubig auf die Waffe und drückte erneut ab.

Wieder ertönte ein Klick, doch dann war er schon bei ihr und drückte ihren Arm in die Höhe.

Der Schuss dröhnte schmerzhaft, und die umliegenden Felswände warfen ein donnerndes Echo zurück.

Er entwand ihr die Pistole, schleuderte sie weit weg und warf die Frau zu Boden. In seinem Ohr dröhnte und pfiff es.

Sonja Fiesler versuchte, sich zu befreien, sie wand sich, sie kratzte, biss und trat mit den Beinen um sich.

Wie konnte er sie beruhigen? Es widerstrebte ihm, Frauen gegenüber Gewalt anzuwenden. Aber wenn man die Werkzeuge eines Polizisten im Büro vergessen hatte, musste es wohl sein. Er ballte seine Faust und schlug zu.

Vorsichtshalber setzte er sich auf den erschlafften Körper und kramte nach dem Handy. Seine Hand schmerzte. Als Boxer hätte er kaum Karriere gemacht. Selbst das Suchen nach Konstanzes Nummer tat weh.

»Hallo, Konstanze«, flüsterte er erschöpft, »hol bitte Alfred und kommt so schnell als möglich zum Armbrustschießstand. Es ist wirklich dringend.«

»Was ist los mit dir, ist alles in Ordnung? Was tust …«

»Erzähl ich euch, wenn ihr da seid. Ach ja, nimm alles mit, was du findest. Handschellen, Fußfessel et cetera. Ich hab Sonja Fiesler.«

»Was? Wieso? Wo ist sie?«

»Momentan sitz ich gerade auf ihr. Sie hat versucht, mir die Augen auszukratzen, die Geschlechtsteile auszureißen, da habe ich sie k. o. geschlagen. Aber wer weiß, wie lange das anhält. Also, beeilt euch.«

*

Sie hatten Sonja Fiesler in eine Zelle gebracht, Pistole und Armbrust sicher verwahrt, dann musste Felber nach Hause.

Seine Hand schmerzte, das Herz klopfte nach diesen Erlebnissen noch immer wie rasend, und er fühlte sich unendlich erschöpft.

Unruhig wälzte er sich im Bett herum. Das Ohr dröhnte und erinnerte ihn immer wieder an diesen Augenblick, das Klicken der Pistole und danach der Schuss, der bedeutete, noch einmal mit dem Leben davongekommen zu sein. Konstanze schmiegte sich an ihn, ließ ihn ihre Liebe fühlen, versuchte, ihn zu beruhigen, aber das ist nicht so einfach, wenn man dem Tod bereits die Hand geschüttelt hat.

Am Morgen standen beide mit roten Augen und herabhängenden Lidern vor dem Spiegel im Badezimmer.

»Bleib heute zu Hause«, meinte Konstanze, »du siehst schrecklich aus. Alfred und ich können den Rest erledigen.«

Stur starrte Felber, in der Hand eine Marmeladensemmel, in die Luft. Das kam überhaupt nicht infrage. Über den gestrigen Abend musste er hinwegkommen, sonst konnte er gleich um Pensionierung ansuchen. Das war sein Fall, und den durfte nur er zu Ende bringen.

Etwas verspätet trafen sie in der Polizeiinspektion ein. Paukerl stand wartend im Türrahmen seines Büros.

»Günter!«, winkte er. Sorgfältig verschloss er die Türe.

»Sag einmal, was fällt dir ein, so eine harmlose, liebenswerte Frau wie Sonja Fiesler hinter Gitter zu bringen?«, polterte er.

»Harmlos? Hätte ich mich liebenswerterweise erschießen lassen sollen?«

Paukerl schüttelte ungläubig den Kopf, und eine Ader an seiner Stirn schwoll bedrohlich an.

»Ich habe kurz mit ihr geredet. Sie behauptet, du hast sie angegriffen und niedergeschlagen. Was war eigentlich los?«

»Das mit dem Niederschlagen stimmt leider. Nachdem sie mich zuerst mit der Armbrust und dann zweimal mit ihrer Pistole erschießen wollte. Da musste ich in Ermangelung anderer Möglichkeiten zuschlagen, sonst wäre sie mir entwischt.«

»Ich kann es nicht glauben.« Paukerl eilte zu seinem Sessel. »Setz dich her, Günter, und erzähle. Ich möchte alles genau wissen, jedes Detail. So, wie du es nachher in deinem Bericht schreibst.« Er holte einmal tief Luft. »Offen gestanden, kann ich mir das nicht vorstellen. War es eine Verkettung unglücklicher Umstände? Hat jemand sie bei dir angeschwärzt? Ich fasse es nicht.« Er schlug die Hände vors Gesicht und seufzte.

»Tut mir leid, Chef, aber es entspricht den Tatsachen. Dabei hat alles so harmlos angefangen. Ich wollte eigentlich nur zu dem Ausflugsrestaurant fahren, um dem Kellner ein Foto zu zeigen. Der hatte mir nämlich schon einige Tipps gegeben. Doch er war nicht da. Also wollte ich noch einen kleinen Spaziergang zum Schießstand machen und mir den Tatort noch einmal ansehen.«

Dann schilderte er seine Erlebnisse, die ja beinahe zu einem Kampf auf Leben und Tod geführt hatten.

»Die arme Frau«, meinte Paukerl entgegen aller Fakten. »Was mag der Auslöser zu solchen Verzweiflungstaten in den letzten Monaten gewesen sein?«

»Chef, du vergisst, dass sie wahrscheinlich ihren Ehemann bereits vor zwölf Jahren umgebracht hat. Zumindest spricht alles gegen sie. Dass er in ihrem Haus gefunden wurde, das niemand betreten durfte, und die voraussichtliche Todesursache, die Doktor Kudlich festgestellt hat. Die Dame hatte also schon lange ein kriminelles Potenzial.«

»Ich weiß nicht.« Paukerl fuhr sich durch die Haare. »Sie ist so eine lebenslustige, freundliche Person. Ich kann sie mir nicht als blutrünstige Mörderin vorstellen.«

»Da hättest du sie am Schießstand erleben müssen, Chef. Außerdem – auf der Armbrust werden wir nur ihre Fingerabdrücke finden, auch auf der Pistole. Nein, dort sind auch meine. Ich musste ihr die Waffe ja entreißen.«

Paukerl seufzte noch einmal schwer auf.

»Dass man sich so in einer Person täuschen kann.«

»Das ist das Leben, Chef, das ist das Leben«, versuchte Felber, ihn zu trösten.

*

»Wollen Sie nicht Ihr Gewissen erleichtern und alles gestehen?«

Felber sah Sonja Fiesler mit festem Blick an. Er und Konstanze saßen im Verhörraum der Frau gegenüber.

»Gestehen?« Sie weitete ihre Augen und legte ihre Stirn in Falten. »Dass Sie mich überfallen, niedergerissen und geschlagen haben?«

Felbers Mund blieb vor Überraschung offen. Was bezweckte die Frau damit?

»Ja, geschlagen. So, wie alle Männer es tun, wenn sie sich einer Frau gegenüber hilflos fühlen. Ich habe einige Zeit im Frauenhaus gearbeitet, glauben Sie mir, da erfährt man einiges über Männer.«

»Haben Rechtsanwalt Meier und Hubert Sieber Sie auch geschlagen?«, fragte Konstanze in hartem Ton.

Sonja Fiesler ging auf die Frage nicht ein.

Felber hieb auf den Tisch. »Ich habe Sie erst geschlagen, als Sie mich töten wollten, mit Ihrer Armbrust und der Pistole.«

»Alles Lüge!« Tränen rollten über ihre Wangen, und sie schniefte. »Ich weiß nicht, Herr Kommissar, was ich Ihnen getan habe, dass Sie so die Wahrheit verdrehen.«

»Also das ist doch …« Felbers Hand sauste noch einmal auf die Tischplatte, und er sah Konstanze hilflos an.

»Was wollen Sie damit erreichen?«

»Dass alles aufgeklärt wird, Herr Kommissar.« Dabei lächelte sie ihn unter Tränen süß an.

»Ich breche das Verhör erst einmal ab«, sagte Felber und stand auf. »Denken Sie in der Zelle über Ihre Taten nach. Ein Geständnis kann sich nur gut für Sie auswirken.«

»Sie reden immer von Geständnis, kommen Ihnen nicht langsam Zweifel an Ihren Vorhaltungen?« Wieder lächelte sie und zwinkerte ihm zu.

Felber schwieg, gab nur dem jungen Beamten Steiner den Wink zum Abführen.

»Denken Sie einmal darüber nach, Herr Kommissar«, sagte Sonja Fiesler im Vorbeigehen.

»Gruppeninspektor!«, knurrte Felber.

*

»So eine ausgebuffte Frau ist mir noch nie untergekommen.« Felbers Frustration war seh- und spürbar. »Stellt euch vor, sie hat einen guten Rechtsanwalt an ihrer Seite. Da wird sie ja glatt freigesprochen, und ich lande im Kittchen wegen unverhältnismäßiger Gewaltanwendung.«

»Das werden wir zu verhindern wissen«, sprach Konstanze ihm Trost zu.

»Aber wie? Es gibt keine Zeugen, somit steht Aussage gegen Aussage. Wir haben doch nur Indizien, und du weißt, wie manche Richter sich scheuen, nur aufgrund dieser ein Urteil zu fällen. Natürlich haben wir die Armbrust und den Revolver, da findet die Spusi hoffentlich Fingerabdrücke von ihr. Meine sind auf jeden Fall drauf. Hatte schließlich keine Handschuhe mit.«

Schweigen beherrschte den Raum, was mit der Zeit unangenehm wurde.

Die Türe wurde aufgestoßen, knallte gegen die Wand, und Weiner kam herein, mit drei Bechern Kaffee beladen.

»Was herrscht denn da für eine Stimmung, ich komme mir vor wie in einer Gruft«, rief er. »Die Fiesler hat doch gestanden, oder?«

Felber konnte nur den Kopf schütteln.

»Nicht? Wieso?« Weiner sah ihn verwundert an.

Felber fand noch immer keine Worte, also erzählte Konstanze, was sich im Verhörraum abgespielt hatte.

Weiner lachte kurz auf.

»Nimm es doch nicht so tragisch, Günter, sei optimistisch. Wäre gelacht, wenn wir sie nicht festnageln können. Das müssen wir sogar.«

Woher hatte er nur diese Zuversicht? Weiner war doch sonst eher einer, der erst dann an das Gute glaubte, wenn es eingetreten war. Felber sah ihn mit gerunzelter Stirne ernst an.

»Stell dir vor, Günter, die Frau kommt wieder frei, dann bist du deines Lebens ja nicht mehr sicher. Die probiert es bestimmt noch einmal, dich abzumurksen, und so viel Glück kannst du gar nicht haben, dass es wieder schiefgeht.«

Da war etwas Wahres dran.

Felber spürte neue Energie in sich aufsteigen. Seine Hand krachte auf den Tisch.

»Du hast recht. Bist ja doch der Beste, Alfred. Diese Frau Fiesler wird im Kittchen landen.«

»Ich habe nachgedacht, Günter«, ließ Konstanze sich vernehmen. »Ich glaube nicht, dass du ihr vorrangiges Ziel bist. Ich denke, dass sie versucht, als psychisch krank dazustehen. Als geistig abnorm in der Klapsmühle unterzukommen, ist sicher angenehmer, als in einer Zelle zu vegetieren.«

»Du könntest recht haben. Aber wie kommst du darauf?«

»Nenn es weibliche Intuition.«

Ja, diese Intuition, davon könnte er jetzt auch jede Menge gebrauchen, sie musste ja nicht unbedingt weiblich sein.

»Gut, Freunde. Wir machen Folgendes«, wandte er sich an Weiner. »Du und Konstanze setzt euch hin und versucht, so viel als möglich über Sonja Fiesler herauszufinden. Ihr Leben, ihre Arbeit, ihre Krankheiten, einfach alles. Ich spreche noch einmal mit dem Kellner des Ausflugsrestaurants.« Felber musste grinsen. »Dieser Mann ist ein wandelndes Lexikon. Er sieht jeden, kennt viele und weiß über alles Bescheid. Ich frage mich, wann er Zeit hat, die Gäste zu bedienen.«

»Nimm die Fotos mit«, erinnerte Konstanze ihn, doch die hatte er in weiser Voraussicht schon im Sakko verstaut.

*

»Hübsche Frau«, meinte der Kellner. Felber hatte es nicht anders erwartet, er fand ihn rauchend vor der Türe des Gasthauses.

»Ja, natürlich kenne ich sie.« Er betrachtete eingehend das Foto. »Eine sehr sportliche Frau. Sie ist immer wieder mit einer großen Tasche hier vorbeigekommen und in Richtung Schießstand gegangen.«

Felber sah ihn fragend an.

»Nein, geredet hab ich kaum mit ihr. Sie ist nicht so der kommunikative Typ. Eigentlich schade. Nur einmal hat sie erzählt, dass sie oft üben geht, weil sie an der Schweizer Meisterschaft für Armbrustschützen teilnehmen will. Bei uns sei diese Sportart ja praktisch ausgestorben.«

»Dann versteh ich aber nicht, warum es diesen Schießplatz noch gibt.«

»Na ja, vielleicht aus Tradition?«

»Oder aus Nostalgie«, nickte Felber.

Der Kellner lachte. »Herr Inspektor, Sie wissen ja, wie es bei uns in Österreich ist. Da wird ein Provisorium aufgestellt, das von der Allgemeinheit als Narretei und Unfug der Behörden verrissen wird, trotzdem besteht es dann Jahrzehnte, wenn nicht sogar Jahrhunderte, wird zur lieb gewordenen Einrichtung, und sollte es jemand wagen, an einen Abriss zu denken, ertönt sofort ein Aufschrei in der Bevölkerung.«

»Da haben Sie ein weises Wort ausgesprochen«, lachte Felber, »genauso ist es. Na, jedenfalls danke ich Ihnen. Sie haben mir ein gutes Stück weitergeholfen.«

Felber verabschiedete sich mit Handschlag.

Dann fiel ihm noch etwas ein.

»Sagen Sie – es ist zwar nicht Nostalgie, aber eine Erinnerung wert – haben Sie vielleicht diesen Mann einmal gesehen, eventuell in Begleitung der Frau?« Er fingerte das Foto von Bertl Sieber aus seiner Brusttasche.

»Hm!«, der Kellner betrachtete das Bild und schüttelte den Kopf. »Nein, ich glaube nicht.«

Das kam zögernd, und Felber zuckte enttäuscht die Schultern.

»Na ja, kann man nichts machen. Also dann …«

»Warten Sie!«, rief der Kellner, als Felber schon einige Schritte entfernt war. »Kann ich das Foto noch einmal sehen?«

Mit gerunzelter Stirn betrachtete er das Bild nochmals.

»Sie haben recht. Mich hat nur das Foto ein wenig irritiert.«

Kein Wunder, dachte Felber, das Bild eines Toten sieht manchmal nicht vorteilhaft aus.

»In den letzten zwei, drei Monaten kam er öfter hier vorbei. Entweder gemeinsam mit der Frau oder kurz nach ihr. Ja doch, das ist er. Groß, massig, mit grauen Haaren, genau!«, nickte er.

»Können Sie sich erinnern, wann Sie ihn das letzte Mal gesehen haben?« Hoffnung keimte in Felber auf.

»Hm! Das muss so … ja, acht Tage her sein, genau!«

»Sind Sie sicher?«

»Ja, absolut.« Der Mann lachte. »Am nächsten Tag hatte ich nämlich frei, und das merkt man sich in unserem Beruf.«

»Sie sind der Beste!«, rief Felber entzückt und schüttelte euphorisch dessen Hand. »Möglich, dass Sie das vor Gericht als Zeuge aussagen müssen. Das geht doch, oder?«

»Wenn es sein muss.« Die Begeisterung Felbers war nicht auf ihn übergeschwappt.

Kapitel 24

Sehr viel Neues hatten die Recherchen von Weiner und Konstanze nicht ergeben. Im Grunde eigentlich gar nichts.

Außer, dass Frau Fiesler ihre Arbeitsplätze häufig gewechselt hatte. Sie hatten noch die Briefe und Fotos von Rechtsanwalt Meier, doch die enthielten keine Indizien einer nahenden Bedrohung, waren eher Ausdruck einer hündischen, vielleicht abartigen Liebe.

Nein, das stimmte doch nicht. Felber riss die Augen auf, er spürte mit einem Mal, wie Hoffnungslosigkeit und Müdigkeit von ihm abfielen. Da gab es doch den Brief mit dem unbeholfenen Erpressungsversuch von Meier. Für eine derart in die Enge getriebene Frau, die wenig Skrupel besaß, doch das beste Motiv.

Dann noch Decke und Leintuch aus dem Klubhaus der Armbrustschützen. Er beglückwünschte sich dazu, dass Weiner es sich nicht hatte nehmen lassen, diese Beweisstücke mitzunehmen. Auswertung lag zwar noch keine vor, aber das spielte keine Rolle.

Auch die Spurensicherung, die Armbrust und Revolver nach Fingerabdrücken untersuchte, durfte man nicht außer Acht lassen.

Energiegeladen machte Felber sich auf, die zweite Befragung durchzuführen. Außerdem hatten sie die Zeugenaussage des Kellners, und er glaubte, damit einen gewissen Druck ausüben zu können.

Die Stunden in der Zelle schienen bei Sonja Fiesler Wirkung zu zeigen. Sie sah blass aus, und von ihrer ehemaligen Selbstsicherheit war nichts mehr zu bemerken.

Trotzdem machte er sich auf einen harten Kampf gefasst und fragte sich, welche Ausflüchte, Lügen und Anschuldigungen sie diesmal vorbringen würde.

Zu seiner Verwunderung nickte sie zu allen von ihm dargelegten Anschuldigungen. Ihre Verteidigung bestand praktisch nur aus einem Wort: »Prügel!«

Felber konnte sich darauf keinen Reim machen. Welche Strategie steckte diesmal dahinter?

Bar jeder Emotion begann sie zu erzählen.

»Alle Männer haben ihr angebliches Faustrecht in Anspruch genommen. Mein Mann prügelte mich, wenn ihm danach war. Aber sein Tod war eigentlich ein Unfall, zu diesem Zeitpunkt nicht geplant.« Sie zog die Schultern in die Höhe, breitete die Arme aus und stieß ein raues Lachen aus. »Natürlich wollte ich ihn töten, irgendwann hat man genug von den Misshandlungen.« Sie lachte nochmals auf. »Aber kindisch, wie ich damals war, drohte ich ihm an diesem Tag mit der Armbrust. In seiner Wut machte er eine hektische Bewegung, und ohne dass ich es wollte, reagierte mein Finger.«

»War das in dem leer stehenden Haus?«

Sonja Fiesler nickte. »Erst dort kam ich drauf, dass die Gelegenheit günstig war, ihn einfach verschwinden zu lassen. Dann machte ich die Vermisstenanzeige, weil ich wusste, dass man ihn sicher nie fand.« Diesmal lächelte sie scheu.

»Bis der Wasserschaden eintrat. Hat Rechtsanwalt Meier Sie auch geschlagen?«

»Friedrich? Nicht so oft.« Frau Fiesler nickte. »Aber ja, wenn der Frust über die nicht vorhandene Karriere ihm zu schaffen machte, rutschte ihm schon die Hand aus. Dabei konnte er so schöne Liebesbriefe schreiben. Aber tot ist er, weil er versuchte, mich zu erpressen. Er dürfte das Skelett im Kasten aufgestöbert haben. Das konnte ich doch nicht zulassen, Herr Inspektor, oder?«

»Na ja!«, knurrte Felber, überrascht, dass sie ihn nicht mit »Kommissar« anredete.

»Und Hubert Sieber?«, warf Konstanze ein.

»Ja, der Hubsi.« Ein Lächeln stahl sich auf ihr Gesicht. »Er war so ehrgeizig, wollte so viel machen.« Jetzt wurde sie ordinär. »Das Problem war seine Alte. Die wollte nicht und nicht abkratzen. Und wer musste das ausbaden? Ich natürlich. Dabei machte ich das Angebot, ihm bei der Frau zu einer raschen Lösung zu verhelfen, aber er konnte sich nicht dazu durchringen. Einfach zu feig war er. An mir ließ er das dann aus. Und so ist er wie eine Memme gestorben, mit angeschissener Hose.«

Felber rieb sich im Geiste die Hände, obwohl sich in seinem Hinterkopf Befürchtungen breitmachten, dass ihr Geständnis nicht das Ende bedeutete.

»Wir machen jetzt ein Protokoll, das Sie nur mehr zu unterfertigen brauchen«, meinte er und stand auf.

*

Felber setzte sich erschöpft in seinem Büro nieder, er stierte auf seinen Schreibtisch, und mit seinen Fingern trommelte er auf die Platte. Diese Frau schaffte ihn. Warum war sie so geworden? Lag der Auslöser in den Schlägen, die sie von ihrem Mann bekommen hatte? Das war sicher ein Grund, und deswegen tat sie ihm auch leid.

Trotzdem – es war anmaßend von ihr, das Gesetz in die eigene Hand zu nehmen. Dazu hatte niemand das Recht.

Wie sie ihn nach ihrem Geständnis angesehen hatte – Bewunderung, ja, fast Verehrung lag in ihrem Blick. Was sie damit wieder bezweckte? Der Gedanke daran jagte ihm einen eisigen Schauer über den Rücken.

Andererseits – sie hatte alles zugegeben, und er konnte diese Sache als erledigt betrachten.

Aufseufzend lehnte er sich in seinem Sessel zurück. Es lief doch gut, nein, hervorragend, die Aufklärung dieses verzwickten Falles konnte sich doch nur positiv auf seine Karriere …

Das Telefon schrillte. Beschwingt hob er ab.

»Günter, zu mir.«

War sein Erfolg schon zu Paukerls Ohren vorgedrungen?

Anklopfen war nicht so seine Sache. Er riss die Bürotüre auf.

»Chef, du hast also schon gehört …«

Verdammt! Da saß noch jemand im Zimmer. Oberst Pelzer thronte in einem Fauteuil, die Beine weit von sich gestreckt.

»Günter! Gratuliere!«, sagte Paukerl und räusperte sich. »Du und dein Team habt hervorragende Arbeit geleistet. Ich und Oberst Pelzer sind bereits über alles informiert.« Er hustete noch einmal und setzte etwas leiser hinzu: »Ich wäre nie auf die Idee gekommen, dass diese Frau …« Er brach abrupt ab.

»Gruppeninspektor Felber«, ließ der Oberst sich vernehmen. »Sie können diesen Erfolg natürlich auf Ihre Fahne heften. Aber – warum schlagen Sie eine wehrlose Frau?«

»Wehrlos? Die?« Felbers Blutdruck schnellte in die Höhe. »Haben Sie nicht alles mitbekommen, was vorgefallen ist, Oberst?«, rief er mit rotem Kopf.

»Ich bin der Meinung, Sie hätten das auch anders erledigen können. Wie lernt man schon auf der Polizeischule? Gehe nie ohne Bewaffnung und Sicherungsmaßnahmen aus dem Haus. Richtig, Chefinspektor?«

Paukerl nickte betreten.

»Aber Sie«, fuhr Pelzer fort, »Sie glauben ja, sich über alles hinwegsetzen zu können. Das ist unprofessionell und gegen die Vorschriften.«

Der Oberst zog die Beine an sich und beugte sich vor. »Ich dachte wirklich, der Mann ist gut, arbeitet ausgezeichnet, hat genügend Fantasie, um auch verzwickte Fälle zu lösen. Dieser Mann muss, wenn er schon nicht in mein Team will, zumindest so schnell als möglich befördert werden. Aber mit Ihrer Undiszipliniertheit bringen Sie all diese Überlegungen zum Absturz. Seien Sie froh, dass Sie Gruppeninspektor bleiben dürfen.«

Felber stand da, mit hochrotem Gesicht, aber offenem Mund. War das Gerechtigkeit? Nur weil er einmal vergessen hatte, seine Handschellen mitzunehmen, die er doch auch sonst nie brauchte?

Er wollte eine geharnischte Rede loslassen, über lächerlichen Bürokratismus, über Paragraphenreiterei, über Zynismus, weil er nicht beim LKA arbeiten wollte, und bemerkte Paukerls bittenden Blick.

So schwieg er lieber, es brachte ja nichts. Den Blick zu Boden gerichtet, scharrte er mit dem Fuß und fragte: »Ist das alles? Kann ich jetzt gehen?«

Oberst Pelzer entließ ihn mit einer Handbewegung.

*

»Alles Idioten!«, knurrte Felber und schmiss sich in seinen Sessel, der protestierend knarrte. Wütend starrte er an die Decke.

Niemand, nicht einmal er selbst, konnte genau sagen, wegen wem er so aufgebracht war.

Sicherlich hatte Oberst Pelzer einen großen Anteil daran. Mit seinem Gehabe, bei dem wahrscheinlich Eifersucht auf seine Erfolge eine ziemliche Rolle spielte. Aber auch sein Chef Paukerl, der ihn nicht vehement genug verteidigt hatte. Dagegen fand er seine Fehler, die zugegeben ebenso vorhanden waren, eher mikroskopisch klein.

Konstanze saß vor ihrem Computer und tippte konzentriert das Geständnis von Sonja Fiesler ab.

Ihm war das nur recht, er wollte im Augenblick seine Ruhe und ein wenig schmollen.

Die Türe flog auf und krachte gegen die Mauer. Weiner tänzelte herein, ein breites Grinsen im Gesicht.

»Na, Günter, hast du jetzt endlich deine Beförderung bekommen? Ich hab nämlich den Oberst Pelzer gesehen. Wozu dürfen wir gratulieren?«

War das als Provokation zu verstehen? In Felber kam der Ärger dem Siedepunkt gefährlich nahe. Doch halt, nein, Alfred war sein Freund, das würde er nie tun, warf seine Ratio noch schnell den Rettungsanker aus.

»Zu nichts. Pelzer hat etwas gegen mich. Dem wäre es am liebsten, wenn ich wieder Streifenbeamter wäre.«

Das Grinsen aus Weiners Gesicht verschwand.

»Spinnt der? Vielleicht sollten wir alle ihm einmal unsere Meinung auf den Schreibtisch schmeißen. Was glaubt er denn?«

»Vergiss es«, winkte Felber ab. »Das schadet euch nur und bringt nichts. Ich muss halt einfach damit leben, dass es Pelzer gibt. Ich werde schon damit klarkommen. Aber das ist lieb von dir, Alfred, dass du so zu mir hältst.«

»Und zu mir sagst du nichts?« Konstanze blickte von ihrer Arbeit auf und versuchte, beleidigt auszusehen.

»Doch, mein Hase, natürlich, wo denkst du hin?«, beeilte

Felber sich zu versichern. »Meine Dankbarkeit wollte ich dir aber erst am Abend nach einem superfeinen Essen beweisen.«

»Na ja, wir Frauen haben doch auch nichts dagegen, zwischendurch belobigt zu werden.«

»Leute«, rief Weiner plötzlich unvermittelt und schmiss den Kugelschreiber auf den Tisch, »ihr kommt heute zu mir. Wir heizen den Griller an und feiern ein wenig. Schließlich müsst ihr endlich Lieselotte kennenlernen. Na, was sagt ihr?«

»Ich weiß nicht, Alfred, mir ist heute nicht so recht zum Feiern«, brummte Felber. »Natürlich sind wir neugierig auf deine geheimnisvolle Freundin, aber wenn du sie uns vorstellen willst, sollten auch Paukerl und dein Intimfreund Doktor Kudlich dabei sein. Auf die Schnelle geht das aber nicht. Machen wir es am Wochenende. Dann ist ausreichend Zeit, ein schönes Fest zu veranstalten.«

»Kudlich? Muss das sein?«

»Unbedingt, Alfred!«, lachte Konstanze.

Eric
Manz

Der Tod trägt weiß

ISBN 978-3-902784-40-7

In Mödling geschehen einige skurrile Morde. Die Opfer sind junge Frauen, gekleidet in weiße Gewänder, die den Tuniken in der Antike gleichen. An diesen haftet ein Schild mit den Namen mythologischer Frauen. Gruppeninspektor Felber und sein Kollege Weiner nehmen die Ermittlungen auf. Bald erkennen sie, dass die Frauen mit KO-Tropfen betäubt, zum Geschlechtsverkehr gezwungen und anschließend erwürgt wurden. Felber kommt dem Täter immer näher, doch dieser ist ihm stets einen Schritt voraus.

www.federfrei.at